JN037336

ADHDですけど、なにか?

チョン・ジウム

鈴木沙織 訳

KADOKAWA

젊은 ADHD 의 슬픔 (JEOLMEUN ADHDUI SEULPEUM) by 정지음 (Jeong Jeeumm)

Copyright © by Jeong Jeeumm 2021

All rights reserved.

Originally published in Korea by Minumsa Publishing Co., Ltd., Seoul.

Japanese Translation Copyright © 2024, KADOKAWA Corp.

Japanese translation rights arranged with Jeong Jeeumm c/o Minumsa Publishing Co., Ltd.,

through Japan UNI Agency, Inc., Tokyo

「平凡」とはなんだろうか。

本書はADHDを抱える

一人の大人の女性の話ではあるけれど、

私たち皆の話でもある。

「平均」の中に入ろうと死闘を繰り広げた経験は

誰にでもあるからだ。

ムン・ボヨン

（詩人・作家、本書への推薦文より）

互いの苦痛を削って
丸くなれますように

　ADHD（注意欠如・多動症）とうつ病の診断を受けて、精神医学の本を買いあさり始めた。医者や心理学者のための専門書を。ADHD は「前頭前野の機能の偏り」などによるものだと説明する文に埋もれて、私は何のオブラートにも包まれない自分に向き合うことになった。医学的に、生物学的に、社会心理学的に丸裸にされた、病気の私に。

　精神疾患、発達障害、衝動制御障害、神経症……。

　読めば読むほど、自分に当てはまる名称が増えていく。どれもこれも空恐ろしかったけれど、それらを疑うことはなかった。当時の私はあまりにも疲弊していて、それらを撥ねのける気力などなかったから。実際、信じられるものはなんでも信じた。科学に疎すぎて、かえって鵜呑みにしてしまう人間だった。医学については、冗談だと受け流すことも教養として身につけることもできず、その権威にすべての不安を委

ねた。自分という人間を定義する言葉に出合ってうれしくもあったけれど、その意味するところに思い至っては打ちひしがれた。

　私という人間について自問するたびにまとわりついてくる答えは「不完全なバケモノ」。私という存在は壊滅的なまでに無能で、自分を壊すことでしかまともにはなれない気がした。これからもきっと、本に書かれていたみたいに破滅に向かっていくのだろう。衝動と憂うつを片手に集め、石子遊びでもして生きていくのだろうと思った。

　スティーブ・ジョブズやエジソンも ADHD だったらしいけれど、慰めにはならなかった。iPhone や電球に匹敵するような世紀の発明でもしない限り、彼らと同じだと喜べるはずもない。希望が薄れるたびに、自分を愛せない人々が書いた文章を読みたくなった。できれば未婚の韓国人女性で、自己愛に向かってよちよち歩きをしている作者の。だけど、そんな都合のいいものはなかった。世の中にあふれているのは「あなたがどんな人間でも、大切で美しい」といった楽観的な言葉で、そんなものに私の心は安らげなかった。長い間ずっと一人で泣いていた人間は、手っ取り早く笑う方法に警戒してしまうらしい。実際、私は大丈夫じゃなかったし、何年も逃げまわりながら、ただぐずぐずと生きていただけだった

から。

　他のADHDの人も、私と同じように真っ白な夜と真っ暗な昼を過ごしているのだろうか。親しげに、そして丁重にうかがい知るべく、まずは自分のことを書いた。拙い文章でも招待状よろしく世に送り出せば、これまで溜め込んできた敗北感ですらパーティーの余興となるかもしれない。

　本の最後はやはりハッピーエンディングがいいからと、自分の抱える疾患の数々をやみくもに愛そうともしてみた。けれど、受け入れたからといって都合良く話が進むわけではない。物語らしい起承転結にこだわるよりも、大切なのは、私という人間がここに存在していて、私みたいな人間だっていくらでも生きていけるということ。四角い本の中で出会った私たちが互いの苦痛を削って丸くなれたなら、そのときこそ迷いなく喜べると思う。

　私自身あまり喜びを感じたことがないから、誰かを喜ばせようとする試みには慣れていない。書いたものを全部消して、隠れてしまいたい衝動に何度も駆られた。それでも書き続ければ、悲しみに支配された人生が覆るはずだと信じた。

　私には精神疾患がある。小さい頃に発達障害を治療できなかったせいだ。小さいけれど数多の不可能と湿っぽい憂うつ

が0歳のときからへばりついていた。30歳になった今も、集中力・衝動・注意力を始め、いろいろとコントロールがきかない。

　それでも、こんなふうに生まれてくるとは思わなかった私が、こうして生きていることを、もう少しにこやかに楽しく表現してみてもいいのではないか——そんな思いからこの本は生まれた。「よくわからない」と言われてしまわないよう、渾身の表現力をふりしぼった。これは、時間旅行^{タイムトラベル}をせずに、自分の過去と未来と仲直りしようという記録だ。私の疾患と人生が私の目をくらますのならば、私自身もまた、不可能の裏をかいてやろうと心に決めた。

　2020年10月から記録をつけ始めた。

　2021年6月、本を通じて、私の外の私たちに会いにいこうと思う。

Contents

Chapter 1

ADHDの
診断を受ける

Chapter 2

大人のＡＤＨＤとして
生きていく

Chapter 3

病院に行く

Chapter 4

私が出会った世界

── 家族、恋愛、ネコ、友人

Chapter 5

私と書くことと他人

装丁デザイン　西垂水敦・内田裕乃（krran）

本文デザイン　トモエキコウ

イラスト　　　こみひかるこ

DTP　　　　　キャップス

編集　　　　　野本有莉（KADOKAWA）

ＡＤＨＤの診断を
受ける

恨むことすら面倒くさい

　ADHDの診断を受けた日の、のどかな日差しが忘れられない。私の人生がADHDに支配された日だというのに、涙の雨は一滴も降らなかった。普通の人たちがせわしなく行き交う街角で、気づけばしゃがみ込んでいた。しっかり立っていなければならない理由がわからなかった。

　下から見上げれば、人々の顎がとても大きく尖って見えた。それらの顎は、その主が私を見下ろして感情のない視線を向けるひとときだけ小さくなった。見慣れない角度からの光景に、これまで一度もこんなふうにしっかりとしゃがみ込んだことがなかったと気づいた。そして、ADHDの自分はどうあがいても二度と立ち上がれない、と思った。これからの人生は、何かに挑戦することもなく、地面にうずくまったままでいるのだろうと。こんなところに違法駐車しているこの男も、私よりマシな脳をもっているのだろうし、あの人もこの人も、私とは違ってきっとこの社会にふさわしい人間に違いない。不意に、えもいわれぬ寂しさに襲われた。

その日ぐらりと傾いた私の世界は、もう二度と水平に戻ることはなかった。

医者が言うには、私のADHDは遺伝の確率が高いらしい[1]。それは「出来損ないになると決まっていた子」だと言われている気がした。「先天性」の疾患は、人生の初めで不具合が起きているわけだから、終わりまで不幸が続く予感さえした。生まれてこのかた勉強も暗記も、節約も禁酒も禁煙も、おまけに旅行までできなかったのが、たかがこんなADHDのせいだったなんて。

両親に対する恨めしさがこみ上げた。疑いの目も向けた。父か母か。問題のDNAを私に引き継いだのはどちらなのかと刑事さながらに推理した。二人ともが犯人かもしれないという想像に絶望は倍増した。どちらにしろ二人の遺伝子のうちの何かが私の前頭葉に悪さをし、すでに手遅れなのだ。

これが本当に前頭葉だけの問題ならば、この部分だけ頭から取り出して、折り合いをつけたうえで戻したかった。でもそんなことは不可能だ。ADHDには完治という概念がないのだから。両親にも自分にも、現代医学ですらも治すことので

---

[1]　ADHDと遺伝の関係についてはまだ十分に解明されていないが、親がADHDだと、その子どももADHDである可能性が高くなることはわかっている。

きない私を、どう保っていけばいいのか暗澹たる気持ちになった。ふと気づけば、ADHDとは公平なんだか不公平なんだかよくわからないなと考えていた。李健熙やドナルド・トランプもADHDだったら偉くならなかったかもしれないと思ったところで、こんなふうにすぐ別のことを考えてしまうことこそ、まさにADHDの症状だと気づいて再びショックを受けた。

　治らないとわかっても、両親への恨めしい気持ちはすぐに晴れた。そもそも集中力がなさすぎて、恨み続けるだけの気力すらなかったのだから。それに他人のせいにするのは面倒だった。誰かをずっと恨み続けるには、心の中の粗末な宿に長期間その人を泊まらせてやらなければならない。けれど、私の心を100％占められる人間はいつだって私以外にいなかった。他人への関心を長く保つことなどできないのだ。好意だろうと悪意だろうと。愛だろうと憎しみだろうと、数日もすればきれいさっぱり忘れて消えてしまう。

　両親への感情を手放すと、「遺伝子」は「やかん」と同じくらい意味のない言葉になりはてた。その代わり、こんなふうに熱しては冷めてをいつも繰り返してきた自分の人生がまるで鍋みたく思えて、気が滅入った。今では誰かを激しく憎むことのできない集中力のなさをありがたく思うものの、あの

頃は自分のあらゆる症状が、自分は欠陥人間だという証しのように思えた。もしかしたら自分は妄想癖のある公明正大な人間なのかもしれない。欠陥人間だと思ったとたん、それが自分自身のことであっても決して許さなかったのだから。

当時はどこもかしこもまともではなかったのに、まともなふりをしていて、二重人格者のようだった。「あんたは精神病患者。人生、完全に終わったわね」「たしかにそうだけど、だから何？」——事を荒立てようとする私と事を治めようとする私が、「山火事 vs 消防士」のごとく闘っていた。ただ、山火事といえど、じょうろの水で鎮火できるものから、１カ月間ずっとニュースのヘッドラインに掲げられるものまで、その規模はピンキリだ。だけど私は、自分の頭の中にある不安や恐怖、ストレス、劣等感の大きさはおろか、それらを一緒くたにしたときの規模もなかなかつかめなかった。猛烈につらいときには、往々にして「本当に苦しいのか？」という尋問が始まった。自分はどのくらいつらいのか、こういう状況なら普通どのくらいのつらさを感じるのが正解なのか、そんなことを考え始めると、つらさより戸惑いを感じた。

とはいえ私はどう転んでも私なので、混乱したとて長くは続かない。そもそも大規模な山火事が起こるには、それだけの大きな山がなければならず、私の集中力と忍耐力は、実の

ところ丘以下だ。丘どころか落ち葉の山が燃え尽きるのをじっと待つだけの集中力もないのだから、家ほどの大きさもある絶望をずっと抱え込んでいることはおろか、燃やすこともできないのだった。

　当時は、自分の気づいたこの事実が虚しくて、もっと高尚な結論に至れないものかと思った。だけど無理やりこじつけたような自己分析は嘘くさくて、ならいっそのこと「十人十色」といった常套句を大義名分のように掲げることにした。そうして自分自身を変えたら、いまいちピンときていなかった忠告も全部、これまでとは違って聞こえた。「大丈夫だよ」「心配いらない」——月並みすぎて侮蔑的ですらあった慰めの言葉が、生き生きとしだしたのだ。大丈夫になったわけでも、心配が消えたわけでもないけれど、「いつかは大丈夫になるんじゃない？　そんなに心配すること？」と繰り返し問うことはできた。

　ADHDだと確定したことで、私の世界は崩壊した。でもそのおかげで世界を建て直す機会を得られた。どんな建物も築30年もすれば修繕が必要になる。齢30。こんな波瀾くらいどうってことない。そんな楽天家になった。

　世の中は両面を見るからこそ面白い。うれしいことも悲し

いことも、何事もなかったかのようにしょっちゅう忘れてし
まう自分のことが昔は嫌いだった。でも今は、忘れっぽさと
いうのは神様がくれた贈り物で、私はそれを人様より少しばかり多くもらったのだと思っている。「中身のない軽い人生」
は、視点を変えると「忘れることで軽やかになる人生」になった。個人的にはこれからも絶望したりするだろうけれど、
それが長くは続かないから、最後には幸せになると思う。

ＡＤＨＤの
自己診断と言い訳

　心理テストを見ると、やらずにはいられない。自分では自分のことがわからないため、統計でもいいから定義してもらいたいのだ。私は一貫してめちゃくちゃなので、たいてい似たり寄ったりの結果になる。あるときには、やたらと急進的で型破りなタイプだった。MBTIだとか性格診断だとか、巷{ちまた}にあふれるテストを受けまくっていたら、「ADHD自己診断」というものを見つけた。さっそく試してみると、ほぼすべての質問の答えが「常に当てはまる」だったため、これでテストになるのかと不思議でならなかった。当てはまらない人がいるなんて信じられなかったのだ。20点以上だとADHDの疑いがあるらしく、私は62点だった。

1　物事を手順どおりに進めるのが難しい。

　私は誰かと一緒に作業するのが好きではない。自分で手順を考えるのも、誰かの決めた手順に従うのも苦手だ。作業手順を考えろと言われるのは、全宇宙の惑星をラジオ体操の隊

形に整列させろと言われるのに等しい。なぜそうしなければ
ならないのかもわからないし、どのみちできない。

2　新しいことを始めようと準備するまでにとても時間がかかる。

　何かをしようとするとき、一番時間がかかるのが「決心すること」だ。というのも私は、やりたいことややらなければならないことがあると、まずは頭の中で事細かにシミュレーションをする。この時点ですでに頭の中では何度もやり遂げているわけである。あらん限りの想像力をかき集めていろいろな結末を考えるせいか、いざやろうとするときにはもはやエネルギーが底を突いていて、本末転倒なことに「期限が差し迫っている」という現実だけが私を動かす原動力となっている。つまり、動くのはいつもヤバくなってから。そこからどうにかこうにかやり終える。本当にやらかすわけにはいかないから……。

3　あれこれ手をつけては、やりっぱなしにする。

　ご飯を食べながら本を読み、途中でSNSをチェックする。そのときふと洗濯機に入れたままの、洗い終えた洗濯物が目に入る。干しっぱなしの洗濯物のせいで干す場所がないの

で、まずは乾いた洗濯物を取り込む。その途中で面白いことを思いつき、何枚か写真を撮って友だちに送る。時計を見て、シンクにもちらりと目をやる。もう3時か。でも皿洗いはやりたくないなと思いながら水を飲む。あ、そうだ。本を読んでいたのだった。そして食べかけのご飯とまだ取り込まれずにいる洗濯物が目に入る。物事の大小にかかわらず、私は終始こんな調子だ。ご飯を一人で食べていて一度も席を立たない人がいるなんて長いこと信じられなかった。

4　本を読んだり、話をしたりしている最中にすぐ気が散る。

　たんに「散る」というより、「飛び散る」といったほうがいいかもしれない。私は難読症で、文字が歪んで見えるため、文豪の名文はもちろん、自分の書いた文章ですらちゃんと読めない。読書というより解読をしている気分だ。うまく解読できなければ、意識はとめどなく妄想の旅に出て、本はずっと手つかずのまま本棚に放置される。

　他人との会話に集中できないのは、周りの音のせいだ。私には環境音という概念がなく、すべての音が警報音なのである。誰も意識しないような小さな音でも、私にとっては鉄板を引っかく音のように耳に障る。常に音の出所が気になりき

ょろきょろするため、話をしていてもすぐに気が散ってしまう。静かな場所での会話ならまだマシとはいえ、そういうときにはなぜか目の前の話し相手の音声が騒音みたく不明瞭になってしまう。

5　特定のことに没頭しすぎる。

　これはADHDに対する一番大きな誤解にも通じている。実はADHDの人は、何にも集中できないわけではない。むしろ自分の好きなことに関してだけは過度に没頭してしまうのだ。関心がなければ集中力を保つのは難しい。では関心がある場合は？　当然のことながら集中しすぎてしまう。そのため、そののめり込みようは、ときにとんでもない執着のように見える。たんに好きか嫌いかの違いなのだけれど、好きなこととなると自分でさえ止められないせいだろう。

6　細かいことに注意が向かない。

　細かさと私の注意力は反比例する。

7　慎重さに欠け、ミスが多い。

　これは私をひと言で表す言葉として墓石に刻まれても反論できない。

8 他人の話を聞かない。

　話の内容による。目の前で話す相手が、容赦なくつまらなければ、私の集中力もまた地球の奥深くに向かって突き進む。突如として、風の音や鳥のさえずりが鮮明になり、このコンクリートのビルが建てられるまでこの地に暮らしていた原住民（モグラ）たちの恨み節まで聞こえてくる。つまるところ、この項目に対する回答は「当てはまる」であり、自分でもちょっとは他人の話を聞く人間だったらいいのにと思っている。

9 精神力が必要な職業を避ける、または嫌がる。

　これは私の好き嫌いがどうのというより、そういった職業のほうが私を受け入れてくれない。片思いは悲しいけれど、嫌い合っているならウィンウィンだと思う。

10 空気を読まず、思いついたままに話す。

　私は空気を読みながら、なんでも話すほうだ。相手を傷つけかねない言葉は真っ先に控える。アイディアを出すときも、「これならイケる！」という確信を持てたときにだけおそるおそる伝える。なのにみんなには変な冗談だと思われてしまうのだから、5点満点中の2点が適当だろう。

11 退屈に耐えられない。

　私は天国に行ったとたんにその退屈さに耐えられず、速攻で生まれ変わると思う。

12 要らない心配をしてばかりいる。

　まず言いたいのは、私の大切な心配事を「要らない」と軽んじられるのは気分が悪い。心配の何が悪いというのか？　心配するからこそ、人類はこれまでこうして滅びずに生き延びてこられたのだ。とはいえ、人は図星を指されると怒るものなので満点をつけた。私の心配事を新明朝体、13ポイント、行間160％で印刷してつなげたら、一日分だけでも地球3周半はするだろう。それでもまだ正気でいられるのは、一晩眠れば全部忘れるから。

13 リスクを考えずに行動する。

　誤解だ。十分考えている。行動に反映するのを忘れているだけである。

14 質問を最後まで聞かずに答えてしまう。

　そもそもその質問が長すぎるのだと異議を唱えたい。本筋から逸れた長話のことも多く、一気に三つも四つも聞いてく

る人のなんと多いことか。とはいえ、当てはまっていることには変わりない。私は、はてなキラーであり、はてなカッターなのだ。

15　順番待ちをしているとき、そわそわイライラする。

　当てはまる。長時間、列に並ばなければならないようなことは、たいてい諦める。まれに並んだとしても、列がちびちびとしか前に進まないと大人げもなくイラつく。そういうときには自分の頭を殴りたくなる。「いい加減、悪態つくのはやめろ！」と頭の中の前頭葉に伝えるために。

16　酒、タバコ、ゲーム、ショッピング、仕事、食べ物などに夢中になる。

　合法的に愉しめる娯楽ならば、どんなものでも夢中になる。誰かに眉をひそめられるまでやりまくる。ただし、仕事を除いては。仕事だけは、やりたくないという思いがひたすら頭を占めている。それもまたある意味仕事のことばかりを考えていることになるならば、どれも当てはまるといえる。

17　じっとしていられず、常に手足や身体を動かしてしまう。

　当てはまる。人の動きに反応する監視カメラの前に私を立たせたら、カメラが停止する暇はないだろう。動き自体が大きいわけではないけれど、決して止まらない。放っておくと、ストレッチをしたり、脚を揺らしたり、爪を嚙んだり、あほ毛を抜いたりする。会議中はメモしたり、頻繁にうなずいたりして話を聞いているフリをする。その目的はただ一つ——動くため。

18　うるさいくらいにおしゃべりだ。

　よく言えば話の宝庫、悪く言えば壊れたラジオである。

19　ときどきクリエイティブで直観的かつ知的に優れているように見える。

　ようやくポジティブなものが一つ出てきた。これも当てはまっている。締め切りに追われてあたふたと終えた仕事は、ときおりクリエイティブで直観的かつ知的だという評価を受ける。それが本当のときもあれば、お世辞のときもある。私の考え方はあまり一般的でないから、やらかすことが多いけれど、まれに他の人が予想だにしないやり方でいい結果を出す。私が「運」と呼ぶそれを、みんなは「創造力」と呼ぶ。私が「私には運もないし、創造力もない」と言えば、みんな

は「創造力はある」と後半部分を否定する。

20 家族にうつ病、躁うつ病、薬物濫用、衝動制御
　障害の人がいる。

知らない。でも病院で診断を受けたのは私が初めてだ。

21 衝動買いをする。

　当てはまる。私はどんな集団の中でも、少額のお金を一番頻繁に使う人間だ。壊れた蛇口から漏れる水のようにちょろちょろと。ぜいたくをするでもなく、自分のミスの尻拭いのせいで文無しになる。お気に入りのものを買い直すことも多い。よく使うので、よくなくすし、よく壊すから。必要なものが手元にないと困るし落ち着かない。私は気分の奴隷なので、たいていは気分のままに全部買ってしまう。

22 よくスピード違反や飲酒運転をしたり、飲み過
　ぎたりする。

　車の運転に関して、私はたったの一度も交通ルールに違反したことはない。なぜなら正真正銘の無免許だから。運転免許を辞退することで、数千万ウォンを節約したと信じている。それで浮いたお金はすべてお酒に注ぎ込んだ。今まで使

った酒代を集めたら、家の片隅に焼酎（ソジュ）の井戸も掘れるだろう。お酒の出る蛇口を年中想像しているくらいお酒は大好きだし、しょっちゅう飲み過ぎてしまう。

精神科は
魔法の店じゃなかった

　初めて精神科を受診したのは、禁煙したかったから。かなり若い頃からタバコを吸っていて、吸い始めてからはどうにもやめられずにいた。その中毒性に警戒はした。一方で、中毒になることにも慣れていった。けれど喫煙のせいで彼氏と別れることにまでなると、タバコごときを振り払えない人生がみすぼらしく思えた。

　今思えば、喫煙のせいというより「タバコをやめるくらいなら、あんたとの関係をやめる」と口走ったのがいけなかった。だけど彼氏は去り、私は灰皿の灰のように一人残された。私の計画では、恋人ともタバコともきれいにサヨナラして身軽になるはずだったのに、洪水のように押し寄せる喫煙衝動に数時間も耐えられなかった。固く決心すればするほど、皮肉なまでに空回りする人生のせいで、行き着いたのが精神科だった。

　精神科に向かっているときも、そこがどんな場所なのか、どんな人が通っているのか、よく知らなかった（気にもなら

なかった)。行くことにしたのも思いつきだったし、私の中の精神科のイメージも正確ではなくぼんやりしていた。なんなら「元気になりたい人のための魔法の店」くらいに思っていた。その真偽はどうであれ、ビタミンとか高麗人参キャンディとかをくれるところといったイメージだ。

ずいぶん前のことなのでうろ覚えだけれども、初めて受診したときは、ADHDに関することはむしろおまけだった。私はADHDをなぜかアレルギーみたいに考えていた。個人の体質によるもので、日々気をつけて、薬を飲めばどうにか避けられ、アレルゲンを摂取しなければ症状も出ないのだろうと。それでも自分に何かしらの病気があるのならば薬を出してもらいたかったので、診察の前に生活全般についてと困り事を問診票に書いておいた。

「私がタバコをやめられないのは、もしかして『これ』のせいですか?」と聞けるように。自分はADHDではないと確信したかったのか、それともあまりにもADHDの特徴に当てはまっているため禁煙できないのは努力の問題ではなかったと言ってもらいたかったのかはわからない。でも、タバコをやめられない理由が知りたかったし、私の人生がどうしていつもこんな調子なのかも知りたかった。

医者が言うには、私の場合、喫煙よりもADHDのほうは

るかに問題らしい。もう少し詳しく検査をしてみないとわからないけれども、ほぼ確実だろうとの診断だった。それと、喫煙を根本的に治す薬といったものはないと釘を刺された。どうしてもと言うのであれば、似たような効能のものがあるが、他の用途に使われる薬の副作用を効能としているだけで、解決策にはならないのだという。

　私は禁煙の薬がないのであればADHDの薬を出してほしいと食い下がった。息をするくらい当たり前のことすぎて問題意識すらなかったけれど、小さい頃から薬が好きだった。サプリメントにハマり、ほんの少しの頭痛にも鎮痛剤を飲んだ。苦しいのは嫌。安らぎがほしい。どちらにしても本当に恐ろしいのは、苦痛それ自体ではなく、苦痛に手をこまぬくしかないという無力感ではないだろうか。精神科から手ぶらで帰らざるをえないというのが、むしろ普通の人たちの世界から追放されてしまうようでめまいがした。

「ADHDの薬は検査のあとに診断を受けないと処方できません。まずは検査が先です。この薬は、頭のよくなる薬として誤用されたり濫用されたりするのですが、ADHDではない人が飲むと深刻な副作用が出かねません。それに検査費も薬代も安くはありませんのでよくよく検討しないといけません。保険も適用されませんし、疾病コードが——」

　私は魔法の店の主人と向かい合いながら、「すごく頭のいい医者でも思いどおりにできることってあまりないんだなぁ。それにしてもずいぶん本がたくさんあるけど、これ全部、読んだのかな？」と物思いに耽っていた。他にも、先生は『ポケットモンスター』のオーキド博士に似てるなとか、だとすると先生の前で手を組んで座っている自分はポケモンみたいだなとか考えていた。

　ときに、悲しいのにどうでもいいことを考えてしまうせいで、自分は本当に悲しんでいるのか疑わしくなった。あまりに気になったから勢いで病院に来たものの、診察に退屈してしまう自分が見知らぬ人のように思えた。赤の他人みたいな自分自身を取り戻すため、一日でも早く医者の言う検査を受けたかった。けれど精神科の検査というのは当日すぐにできるものではなく、1週間待ってようやく脳波測定やら知能検査、うつ病検査、ADHD検査など、もろもろ受けることができた。

　今でもときおり受ける自律神経系の検査では、頭に金属のバンドを巻いて、腕や脚に大きなクリップみたいなものを付けたまま前を向いてじっとしていなければならないため、めちゃくちゃつらい。眼科で目を閉じて赤い光を当てる治療と同じくらい退屈だ。スマホもないのに前だけを見つめさせら

れるなんて、スマホ断ちの罰を食らっているようなものだ。お金を払ってこんな罰を受けさせられるなんてどうかしている——と思い始める頃に検査が終わる。

　私が自分の実体と正体、内面の内面の内面を知りたいと思っていたのは嘘ではない。だけど検査の間じゅうずっと考えていたのは「私が悪かった、早く家に帰してくれ」ということだけだった。検査はやたらと長くて、お堅く、種類が多かった。なかには筆記ではなく、即答しなければならないものもあり、余計に混乱して不安になった。

　こうなったのも、予約して待っているうちに「ADHD」というキーワードへの興味が薄れたからだ。家でムダに悩み疲れて、検査を受ける人間が当然ながら持っているべき関心をすべて消耗してしまったのだ。そのうえ精神科では妙に気が削がれ、神経が逆なでされるせいで、検査を終える頃にはからっからに干からびた雑巾のような状態だった。

　結果がわかるのは１週間後。どんな結果が出るのか不安だったけれど、知らなかったときに感じていた不安のほうが、知ったあとで感じる不安よりもまだマシだったということを私は知らなかった。知らないというのは、往々にして危険にもさらされていないということなのだ。

　1週間後、私は己の本質に近づいた代償として、その本質をなす脳にもともと問題があったという診断を受けた。禁煙しようとしている場合ではなかったのだ。新しい彼氏を探している場合でもなければ、お酒やコーヒーをがぶ飲みしている場合でもなかった。本当にポケモンだったら良かったのに。今世で出歩くのはここまでにして、あとはずっとモンスターボールの中に隠れてしまいたかった。みすぼらしい私に誰かが気づいてしまうのではないかと怖かった。だけど私を一番縮こまらせたのは、他の誰でもない自分自身の視線だった。精神科の患者になった自分は自分でないみたいで気味が悪かった。だからしばらくの間、私は自分を見捨てた。自分を見捨てるのはとても簡単で、その当時の私ができる最善策だった。

突然自分が
宇宙人のようになった

「検査の結果、チョンさんはADHDで間違いありません。不注意優勢型ですね」

いざそう言われると、案外ショックは受けなかった。「やっぱ、そうだよね」と謙虚に受け止めたように思う。ADHDか否か。五分五分の確率ならば、私の人生はたいてい悪いほうに傾く。絶望への耐性は低いけれど、絶望が扉を叩きに来る瞬間には慣れている。そんな私を大いに動揺させたのは、意外にも「ウェクスラー式知能検査」の結果だった。

昔から私の学習能力は極端だった。国語と社会がよくできた反面、他は目も当てられなかった。なかでも英語と数学は0点のオンパレードだ。大学修学能力試験[*2]でも外国語領域と数理領域のランクは最低だったけど、さほど気にならなかった。言語と社会探求領域では楽に上位に入れたから、自分

---

*2　日本の大学入学共通テストに相当する試験。

ではバランスが取れていると思っていた。ところがウェクスラー式知能検査の結果では、私の指標の偏りは尋常ではなかった。やや異常だと医者も認めるほどに。

「ご覧のとおり指標には四つの領域があります。言語理解、知覚推理、ワーキングメモリー、処理速度です。一般には四つの指標の数値がだいたい同じくらいになるのですが、チョンさんの場合、二つは平均を大きく上回っているのに対して残り二つはかなり下回っています」

「…………」

「この数値は、境界知能に該当します。IQは低くはありませんが、能力の偏りがこれほどまでに大きいと、優れている能力も発揮するのが難しくなります。集中力のなさが他の能力を発揮する際に足を引っ張っているわけです」

なかでも「境界知能に該当する」という言葉はショックを炸裂させた。

「特殊学級*3はご存じですね？　そこに通う水準だと思ってください」

境界知能の水準とはつまり、知的障害と平均との境界にいるということだ。正直、自分は要領がいいほうだと思ってい

---

*3　心身に障害のある児童のために設けられた学級のこと。日本では、2006年の学校教育法改正に伴い、「特別支援学級」に名称を変更している。

た。さほど努力しなくても平均はそこそこ上回れる怠け者だ
と。なのにウェクスラーは、私が平均にはほど遠いという事
実を容赦なく突きつけてきた。

　なんとなく私は、これまで自分が天才ではなくとも、凡才
ではあると思っていた。いや、秀才になるのをやめたろくで
なしのようでもあった。私の中のとんでもなく両極端の能力
が、ときにはきらびやかに輝くことがあったからだ。私は小
さな栄光で大きな欠点の数々を励ましながら人生の下り坂に
耐えていた。性格だってそうだ。多少いい加減でぼんやりし
ているところがあったり、おおざっぱで思ったことをすぐ口
に出したりもしてしまうけれど、おおらかで明るいからそれ
もご愛敬だと思っていた。なのにそれが全部ADHDの特性
で、個性じゃなかったなんて想像もしていなかった。この
身体にADHDの特性しか入っていないなら、それらを除いた
「本当の私」はどこにいるのか？　ADHDの症状以外の自由
意志が私にはあるのか？　ようやく私みたいな人間が私だけ
だった理由がわかったのに、少しも唯一無二ではなかった。

　そのうえ自律神経系の検査結果まで大きく偏っていた。私
という人間は、ちっとも調和が取れておらず、あちこち突き
出てばかりだった。この身体と頭は、私一人を扱えばいいだ
けなのに、どうしてこんなにも協力し合えないのか、どうし

て中身を八つ裂きにしてしまうのかと惨憺たる気持ちだった。ストレス指数も思った以上に高く、あるとも思わなかったうつ病まで見つかった。悲しくてたまらず、水の入ったペットボトルを潰したみたいに涙があふれた。自尊心はすっかり湿ってカビまみれになり、湿っぽい心からも、鼻をあざ笑うような臭いがした。

　自分がその言葉の当事者になったせいで「異常」という言葉にノイローゼになった。私にはコンサータかストラテラが必要だと医者は言った。先日、何の考えもなしに処方をねだったADHDの薬をまるで命の水よろしく処方してもらった。精神科に偏見を抱いているつもりはなかったのに、うつ病の薬までどっさりもらうと、頭のおかしな人間になった気分だった。

「チョンさんの治療の目標は、人並みになることです」

「はい」と答えたものの、本音はクソみたいな目標だと思った。あがいたところで他と同じにしかならないなら、あがいてみようとするだけムダだ。はち切れんばかりの薬の袋を見るたびに、悲観と安心が同時に湧き起こった。比率にすると悲観8、安心2だ。薬を飲むとしばらくは落ち着いたものの、その4倍の時間苦しまなければ、ふたたび薬を飲む時間にならなかった。

しょっちゅう自分を卑下して、自分に同情し、現実から逃げた。自分はぱっと見では普通の人と変わらないのだと思いつつも、誰かに「お前、おかしいよ」「ジウムって変わってる」「なんでそんなふうに考えるの？」と言われて関心を向けられると「やっぱり私はぱっと見て普通の人と違うのだ」と絶望を感じた。

　ADHDだと打ち明けると、私を知る人たちは、そんなのたいしたことじゃないと慰めてくれた。ジウムは優しくて、面白くて、何々も上手だし、あれもこれも……とモザイクみたいにぼかした慰めの言葉を重ねた。気持ちはありがたかったけれど、正常からはみ出た私には、それらの言葉がとても遠くに感じた。

　私はそのとき、つらすぎて苦しんでいる人には、つらさを我慢すべきでない理由を説いても聞こえないのだと学んだ。なら、どうすればいいのか？　それはわからない。死んでから行く地獄にはそれなりに決まった形があるかもしれないけれど、人が自分の中に自ら作り上げた地獄は傍<ruby>傍<rt>はた</rt></ruby>からは見当もつかない。

　ADHDの診断を受けたあと、突然自分が宇宙人になったような感覚と、自分の性格だと思っていたものがたんにADHD

の症状だったという違和感に長いこと悩まされた。そのうえ
ひどく孤独だった。苦痛と孤独はとても似ている。うつ病も
悪化した。私が思うに、うつ病の症状は液体っぽい。溶けて
しまった心臓が雨になって降り注ぎ、それが24時間、1週
間、365日……と限りなく続く。牛乳パックで作った筏で大
海原へと乗り出す気分だ。そんな気分を振り払おうと、私は
すっかり自堕落な生活を送るようになった。自分ではどうに
もできないことで苦しむよりは、自業自得で苦しむほうがい
いと思ったのかもしれない。

　そして毎日、お酒を飲み始めた。

ＡＤＨＤ に つ い て

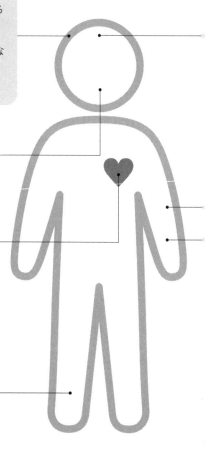

クリエイティブだが正確さに欠ける

刺激を求める

アルコール、ニコチン、カフェインなど中毒性のある物質にハマる

不規則な睡眠習慣

しゃべりすぎて、失言が多い

相手の話を聞かず、話を遮る

時間管理が苦手で、よく遅刻する

約束を忘れる、約束時間を先延ばしにする

手足をやたらと動かす

一カ所にじっとしていられない

のんびり休めない

物をよくなくす

- 別のことばかり考え、よくミスする
- 計画を立てるのが苦手
- やることをすぐに忘れ、整理整頓が下手
- 集中できない
- 忍耐が必要な状況を避ける

- 感情の起伏が激しく、抑制がきかない
- 失敗に対して不安や憂うつを感じる
- 不安定で衝動的な人間関係
- 外部からの刺激に敏感

- 浪費する
- 衝動買いをする
- 支払いを滞納する

　ADHDと聞いて多くの人がまず思い浮かべるのは、少しもじっとしていられず、何事にも集中できない人物だろう。でも実際には、集中力のなさや多動に起因する、もっとずっと大きな問題がある。実際のADHDの人々は、会話をしたり必要な物を準備したりすることに始まり、期限内に仕事を終えるといった日常生活や公私における人間関係全般に困難を抱えている。

Chapter 2

大人のADHDとして

生きていく

ＡＤＨＤですが、 それが何ｎか？

　ＡＤＨＤだと診断され、自分はもうダメだと思った。正確に言うと、ダメだと早くに気づいてしまい損した気分だった。検査しなければ、愉快なおバカさんとしてずっと幸せでいられたのではないだろうか？　「汝自身を知れ」とソクラテスが言うほどには、自分を知ることは重要でない気がした。ムダに精密な検査のせいで、私の人生に希望を見出すことさえできなくなった。実際に打ちのめされていたわけだから、否定はできないのだけれど、いずれにせよ変に壊れた私は自分では立ち直れなかった。

　もともと野望もない会社員だったのに、伸び代をばっさりと否定され、アフターファイブにやることがさらになくなった。出勤するのも大変だったけど、退勤後に空いてしまった時間は底なしの恐怖以外の何物でもなかった。

　この頃からひどい不眠症が始まった。希望もなく、希望を絞り出す力もなく、明日が来るのが嫌だった。眠ってしまえば否応なしに朝が近づいて、起きろと頬を叩く。そんな自然

の摂理に悔しさを感じた。まだ先週の憂いも消化できていないのに、今日の分の出来事まで重ねて呑み込まなければならないのが重くて恐ろしかった。行き止まりならば来た道を引き返せばいいけれど、永遠に続く真空にぷかぷか浮いているようだった。どこにも足がつかないのは縛られるよりも気持ち悪かった。

　今思えば、当時どうして自分があんなにも長いこと打ちひしがれていたのかわからない。普段ならばひどく悲しんで自分を虐げてもすぐに飽きて、また自分を喜ばす理由を探しただろう。それなのにこの状態が2年以上続いた。おそらく、そしてぶっちゃけてしまうならば、お酒と精神科の薬を見境なく飲んだせいだと思う。

　当時私が飲んでいた薬は、脳を覚醒させるコンサータやストラテラ、抗うつ剤、神経安定剤、胃腸薬だった。タバコは好きに吸ってもいいけれど、飲酒は必ず控えるようにと医者には言われていた。その言葉は耳たぶをかすりすらしなかった。それどころかお酒も薬も、不安になるたびに飲んだ。毎日不安だったから、毎日飲みまくった。

　薬の処方は2～3週間ごとで、再診日を忘れることがだんだんと増えていった。薬の数が予定と合わず、多かったり少なかったりしたのだ。泥酔して2錠ずつ飲んだり、数日間ま

ったく飲まなかったりしたせいだ。本当に忘れていたことも
あれば、いけないとはわかっていながら飲んだこともあっ
た。そのときの私には、100年の健康よりも1錠の安らぎが
ずっと大事だった。今ここが地獄なのに、何十年もあとの還
暦のための健康を考える余裕はなかった。

　じゃあそれで安らぎが得られたのかといえば、もちろん答
えはノーだ。お酒と精神科の薬を一緒に飲むのは、ゆっくり
と自分を殺しているようなものだ。アルコールと一緒に摂取
した抗うつ剤はしきりに変な衝動を生じさせ、わずか5分後
には自殺すらしかねない。臆病で苦痛が嫌いな私にとって、
自分を痛めつけられるのは血が出ない方法でだけ。自分のこ
とが憎くて嫌でたまらず、自分を救うのは自分の義務だとい
う考えに至らなかった。むしろ自分を山に捨て去りたかっ
た。深夜、ADHDを背負っていくつもの峠を越え、どうにか
して捨ててしまえれば、まともになった自分はどれほど喜ぶ
だろうと。

　我を失っていた日々だったけれど、思いのほか生活や人付
き合いに大きな問題はなかった。普通の人は無断欠勤したり
警察に連行されたりしない限り、似たり寄ったりの暮らしを
しているように思う。私は明け方に寝ようと徹夜しようと、
朝6時には親に起こされた。ストレスのせいでかなりやせた

けれど、きれいになったと褒められた。酒浸りの生活だと知られたくなくて、毎日のように飲み仲間を変え、それでも時間が余って同好会まで作った。何もかもめちゃくちゃでも新しい人と新しい関係を積み上げていくと、いくらか気分が上がった。同好会の人たちが私のことをあまり知らないというのも安らぎになった。

　大きな問題がないからと言って小さい問題までもないわけではない。両親だけは、街灯に群がる蛾のように空回りする私に気づいて心配した。でも私はそれを無視した。穴の開いた心の隙間から優しい叱責はぽろぽろとこぼれ落ちていたのだ。よりを戻した彼氏も、しょっちゅう出かける私にストレスを溜めていた。めちゃくちゃけんかして、結局はまた別れた。

「男なんてもううんざり。でも寂しい。私を受け入れてくれる人なんているのかな？　まぁ、男はいくらでもいるんだから、一人くらいは私に寛大な人がいるはず！」

　こんな恋愛がうまくいくわけがなかった。当たり前すぎて悲しむまでもない別れがいくつもあった。私のことは救ってくれない神様も、男たちの人生は救ってあげたのだろう。当時、私に弱みを握られたら、自分がおかしくなるか、おかしくなった私を世話するかの二つに一つだった。

Chapter 2 大人のADHDとして生きていく

お酒に酔えば憂いを忘れられるのか。まったくもってそんなことはない。二次元だった憂いが三次元、四次元に化けるだけだ。なら十分な睡眠をとればいいのか。それも違う。飲酒がいかに睡眠を妨げるのかを説く資料はごまんとある。お酒は悪者で、まともな方法では安らぎを得られない人々を背負い、勢いを増すだけだ。私もまた、いくら飲んだくれてもシャワーや出勤といった基本的なことをし忘れることはなく、度の過ぎた愉快な酒好きに見えた。でも実際は、酒浸りの人間ピクルスに過ぎなかった。

　その頃、働いていた会社のオフィスが江南から京畿道の郊外に移転した。そこは幽霊すらも去っていくような幽霊都市だったのだけど、住居が提供されるうえに給与が破格に高かったために辞められなかった。正直言えば、好都合だと思った。近所にあるのはコンビニ1軒で、さすがの私もこれ以上ほっつき歩くことはできないだろうと思ったのだ。
　だけど、大学に進学した以上に、そこに引っ越したことを後悔している。
　私は、一人でいることから逃れるべきだったのだ。

　そこでの生活は療養になるどころか孤独を生んだ。それま

では「孤独」を感じたとしても周りには大勢の人がいたのに、そこでは物理的にも本当の「孤独」だったのだ。自分は思った以上に家族と友だちを心の支えにしていたのだと気がついた。会えない恋しさからそう思ったのかもしれないけれど、とにかく寂しかった。することもなく自分の殻に閉じこもり、心が弱っていく。

　悠々自適に趣味でも見つけようと思っていたのに、酒浸りの毎日。それまでにも泥酔したまま風呂の中で眠りこけて母の肝を冷やしたり、記憶をなくして醜態をさらしたりと、少しばかりやらかしたこともあったけど、ほろ酔い程度でやめることも多かった。家には両親がいたし、お酒は外でしか飲まなかったから、いくら私でも家に帰り着くのに必要な正気は本能的に残していたのだ。

　ところが引っ越し先では、お酒は自宅で飲むしかなかった。お酒の量は２倍、３倍に増え、出勤時間になっても起きられない日が増えた。社長が会社を留守にしていることが多くてバレなかったものの、遅刻などしょっちゅうだった。

　酔っ払うと泣き上戸になるという、私にはありえない酒癖までついてしまった。私は飲みの席では、泣きたい気分のときでも笑ってしまう人間だったのに。酔って人前で泣くなど破廉恥極まりない。だから、いっそのこと笑いとばす。なの

に、一人で飲んでいたとき、私はふと思ってしまったのだ。泣くのを我慢する理由がないと。悲しいうえに、そばには誰もいない。なのになぜ我慢などする必要があるのか？　私にとって泣くという行為は一種の排泄のようなものだった。排出した分だけまた憂うつがこみ上げても、長く溜め込んだ悲しみよりは新たな悲しみのほうがマシだと信じた。それにひとしきり泣けば、疲れはするけれど眠ることができた。悲しくて泣いて、悲しくなくてもすぐに悲しくなるだろうからと泣いて、大好きな自分が大嫌いな状況に陥っているのがかわいそうで泣いて、そうするとそんな自己憐憫に吐き気がしてまた涙が出た。

　やせこけていた身体は、酒浸りの生活でぶくぶくと肥えた。酒太りゆえに不健康になり免疫力が落ちた。哀れな枯れ枝から哀れなブタへの変身……そんなことも考えた。

「人生で喜びと悲しみの量は決まっているらしいから、今こうして悲しみが押し寄せてきているってことは、そのうち悲しくなくなるってことだよね？」

　その当時は「そのうち」っていったいいつなんだと、またもや泣いたけど、たぶんそれは今な気がする。

　これを書いている今、私はADHDの診断を受けて以降、最高にまともだ。「順調に暮らしている」と感じる瞬間が、はた

して私の人生に訪れるのかと思っていたけれど、近頃はとても順調に暮らしている。お酒もあまり飲まなくなったし、薬もきちんと定時に飲んでいる。食べ過ぎず、ときには運動もしている。

飲み過ぎをやめられた秘訣が何かあるわけではない。呆れたことに、飽きたのだ。あんなに好きだったのに突然嫌いになって飲みたくなくなった。ひどかったときにはアルコール依存症の治療に関する本を買って読んだりもした。とはいえそれすらも酔っ払って間違って買った本だった（相談者用ではなくカウンセラー用を買ってしまった）せいで、まったく効果はなかったけれど、拘束衣を着せられて病院のベッドに縛りつけられるようなことにだけはなるまいと自分を鼓舞するためその本を読んだ。

お酒を断とうとあれほど頑張ったのに、それよりもADHDの気質のほうが勝っていたらしい。アルコール依存症患者になる一歩手前で、私の人生において努力は畑違いなのだと受け入れることになった。ADHDに抗うのをやめて、その一部として存在するすべての「私」を認めることにした。遠心分離機にかけたところでADHDを私から切り離すことはできないのだから、いっそのこと共存する道を選んだのだ。

かつての私の座右の銘は「不狂不及（狂わなければ、成し

遂げられない）」と「爾の出ずるものは爾に反る（自分の行い
は、自分の身に返ってくる）」だった。精神科を受診し始めて
からは「狂う」という言葉を避けるようになり、「不狂不及」
は厄介払いした。

「爾の出ずるものは爾に反る」

　この言葉は、善い行いをすれば善い報いがあるということ
だけれど、ADHDを代入するとむごいことになるので、やは
り厄介払いした。今の私の座右の銘は、「それが何nか？」
だ。「それが何か？」ではなく誤字のまま「それが何nか？」
である。誤字に意味はないけれど、なんの規則性もなく置か
れたところが自分の人生に似ている気がする。今でもひどい
劣等感や不安が押し寄せるたびにこの言葉を思い浮かべる。

　ADHDですが、それが何nか？

　また遅刻しましたが、それが何nか？

　いつも金欠ですが、それが何nか？

　締めの言葉がテキトーですが、それが何nか？

パニック、パニック、パニック

　私は大人のADHDだけど、子どもの頃がまともだったわけではない。教室での私は『クレヨンしんちゃん』のしんちゃんみたいだった。悲しいかな、しんちゃんは永遠の5歳でいられるのに、私はだんだん歳をとる。

　10代の頃の不注意さと衝動性は、やたらと悪態をつくという形で表れた。悲しくて、バカバカしくて、腹立たしくて……こうした気持ちはすべて「くそったれ」のひと言で片づいた。当時は、そう吐き捨てるたびに自分が何を失うことになるのかわからなかった。周りには自分と似たような言葉づかいをする友だちばかりだったし、私たちの学校生活は共にしんどくなっていった。いっそ「くそったれ」ばかり言っていれば、問題は少なかったかもしれない。私は言語が得意なADHD女子なので、大人たちが使うあらゆる悪態の変形バージョンまで駆使することができた。昔からのあだ名の一つ「毒舌家（アガリファイター）」も中学校の頃に生まれた。悪態のほかにも、嘲（あざけ）り、非難、難癖、口げんかが得意で、その才能を腐らす自制力は

55

なかった。

　学校が生徒に望むことなど、わかりきっている。学業を怠らず、他人を思いやり、誠実であること。当然のことながら、私はそれらが悲惨なまでにできなかった。言葉づかいに加えて、授業態度も出席日数も、目も当てられない有様だった。遅刻の常習犯で、ひどいときにはそのまま欠席し、登校したとてこっそり抜け出さないと心が安らがなかった。外出許可ももらわずに学校を抜け出しては、友だちとネットカフェやカラオケに行った。そのあとで出席簿に記された欠席、遅刻、無断早退の印を消しまくった。退学ならまだしも留年なんてまっぴらだったから。

　成績も出来不出来の落差が激しかった。好きな科目は満点を取ったこともあるけれど、嫌いな科目は何度も０点を取った。これほどまで成績に偏りがあるのはクラスで私だけだったため、私のことを小憎らしいと言う先生もいた。本当はやればできるのに、これみよがしに手を抜いているのだと。けれども先生に０点を見せたい生徒などいない。愚かなフリをしていたと言うならば、それがフリに見えるくらい愚かだっただけだ。マークシートでふざけているのではなく、マークシートを規定どおりに塗りつぶすことすら難しかったのである。何も数学の先生にゴリラのように思われたくて全問間違

えたわけではない。数学的な思考力を頭の中の武装集団に抹殺されていたにすぎない。ほかにも英単語を認識できないという症状があった。大人になってもごく基本的な英語すらわからず、「基礎英語」科目のせいで大学でも留年した。ずっとそうやって生きてきたため、なんの疑問ももたなかったけど、英単語は難解な絵画のように見えた。「jpg」や「png」ファイルなどのひとかたまりの単語が画像のように見えるのだ。文字として認識できるのはハングルだけで、それすらも長文となると読解が難しくなった。

　でもその頃は学習障害や行為障害という言葉が珍しいどころか、存在していないかのようだった。誰も導いてくれない暮らしの中で、見当違いの感覚を道しるべに育った。自分は悪い人間だから育ち方も悪く、どうせろくでもない大人になるのだと諦めていた。素晴らしい人間にはなれないという啓示がわんさかあって、わざわざ大きな夢を見ようとも思わなかった。大統領や科学者、判事、検事、宇宙飛行士……になる姿など描きもしなかったし、国の未来を思えば、描いてはならないような気がした。

「ちゃんと勉強しないと立派な人間にはなれないよ」
　そう言われても、私は集中力がなくて何かをやり遂げたこ

ともなかったし、何かを学んでいるという喜びや満足感を抱いたこともなかった。教え導いてくれる人がいないというのは、尊敬できる人がいないのと同じだった。実際、先生たちには嫌われていたし、私も先生たちを嫌っていた。自分がどれほど迷惑をかけているのかわからなかったし、先生たちも私がADHDだということを知らなかったのだから当然の結果だった。面白みもなく大人になった今、先生たちを憎んだりはしていない。けれど、私よりも先を生きる者としては残忍に思えた一部の先生たちの過ちを忘れることもできない。「キャバクラでバイトしてるの？」そう問われたときの屈辱は、今でも私を突き動かす。「かまってほしくて、わざとそんなことしてるんでしょう？」スクールカウンセラーのひと言は、私の人生におけるすべての相談の可能性を閉ざした。まったくいいご身分だと皮肉り、中卒の厳しさを痛感しなきゃ目を覚ましゃしないと言う人もいた。私の未来についてはあれこれ知っているくせに、どうしてADHDのことだけは知ってくれていなかったのか。そう思うと笑えてくる。いつか再会したなら、当時の暴言と非難をお返ししてやりたい。

　それはともあれ「子どもは子どもらしく」という言葉を私はこう解釈する。

　子どもは、自分を守ったり害したりできる人のことをあまり侮らないほうがいいと。大人たちをバカにしていた私には、いつも笑えないことばかり起こった。ぶたれたり、罰を与えられたり、大事なものを奪われたり。10代の頃にこうした経験が多いと、神経質で防衛本能の強い人間になる。極度に防衛本能が強い人間は、己を守るために極度の攻撃性をはらむ。

　当時、私が内緒にしていた将来なりたいものは、ただの「人」だった。「パニック、パニック、パニック、みんながあわててる」しんちゃんではなく、立派な人生を送るか、立派じゃない人生を送るかの決定権を握る洗練された大人に。ADHDの診断を受けて敗北感に打ちひしがれたのも、たかがこんな疾患に私の青春時代をごっそり奪われたのだと今さらながらに気づいてしまったからだ。

「上手に生きられなかった」と後悔することはほぼなかったけれど、「もっと上手に生きられた」とひどく後悔した。それは過去であるとともに現在であり、現実なのに幻だった。人生を後ろめたくした数多くの失敗がADHDのせいだったとわかり、私は長い間このADHDを受け入れることも、否定することもできなかった。ADHDの子どもや若者が自分の周りにもいるという人に会うと、本人たちがきちんと症状につい

て理解できるよう手伝ってあげてほしいとお願いする。自分
についてわかれば、何かあってもそれを人生の転換点だと思
えるようになる。子どもの心のまま身体だけ成長した私が、
何はともあれ混沌を乗り越えて生きているように。

1999回目の飲み過ぎを反省して

　酔いどれの黒歴史が多い私は、飲酒に敏感だ。飲む前も衝動的なのに飲んだ後は衝動的を通り越して衝撃的になるからだ。長年の試行錯誤を経て、少しは控えられるようになったけれど、あまりにも悲しかったり、嬉しかったり、退屈だったりすると、決まって飲み過ぎてしまう。決断するのも後悔するのも自分なので、いったいどうしたいのか自分ですらよくわからない。幸せになりたいのか、苦労してかき集めた幸せを使い果たしたいのか。もしかすると飲酒量を賭け金に見立てて賭け事みたいな快楽に興じているのかもしれない。きんきんに冷えた焼酎（ソジュ）の瓶を見るたび、今夜の自分は神がかり的にクールになるだろうという天啓を得る。実際にそうなったことはないけれど、世の中には１％あるだけで決して打ち砕かれない勘違いが存在する。

　翌日は二日酔いでほぼ死んでいる。お酒を飲むとADHDの薬が効かない。薬を最良かつ最後の砦（とりで）と考える私にとって、そうした無力感は不吉でしかない。たちまち昨夜のすべてを

後悔する。他人と楽しむことが自分自身の安らぎよりも大事なのかと。それなら健康になろうなどという考えは捨てて、勝手にすればいいと自分を責めることになるのだ。

　飲み会では本音をさらすまいと、しきりに笑って冗談を飛ばす。私のおふざけはダンプカーみたいだった。自分で乗るのはもちろん誰かを乗せたりもできて、堅固な障害物をことごとく押しのけることもできた。深夜の高速道路に一人取り残されたような気分のときには、一番頼もしくて力強い手段だった。走るほどに刻一刻と疲れは増すけど、まるでそれが使命であるかのように走ってしまうという点まで似ていた。

　でもおふざけが本当にダンプカーならば、私は運転をやめるべきだった。世界一荒々しい無免許運転なのだから。ダンプカーの運転の仕方を知らないように、ふざけるときのアクセルやブレーキの踏み方も知らなかった。相手の許容範囲以上に近づきすぎたり、相手の制止も聞かずに遠くまで行ってしまったりするのが常だった。そのうえすべての記憶をなくした。お酒を飲み交わしてタメ口をきいていた人と気まずい敬語に戻るたびに、一人2本半以上空けた事実に驚くたびに、私は自分を訴えたくなった。昨夜の私がどんなだったかは知らないが、今日の私に相談しなかったのは明らかだ。私

をこんな状態にするなんてどういうつもりなのか、疲れ切ってぐったりしてるじゃないかと説教する私のなんと図々しいことか。

　言い訳がましくも言い訳ではない事実を言うならば、お酒やタバコ、買い物、賭け事などに過度に熱中するのもADHDと深く関連している。ADHDの覚醒レベルの低さと衝動制御能力について、医者は次のように言った。

「目の前にうんちがあるとしましょう。知らずにそれに触れようとしていたとしても、普通の人はそれがうんちだと気づいた瞬間、手を止めることができます。なぜなら、それはうんちだから。しかしADHDの方は、自分では手を止められないのです——」

　うんちを例にされたことが強烈だったからか、まさにその通りのことを言われたからか、この話はずっと記憶に残っていた。えもいわれぬ衝動に駆られるたびに、ドラマの再放送のように先生の顔が頭をよぎった。いつだったか、毎日のようにうんちに触れる私の体たらくについて姉に相談したことがある。

「お姉ちゃん、私、完全にどうかしちゃったのかもしれない。お酒を飲み過ぎちゃうの。1週間毎日。今じゃお酒を飲まないと眠れないし。最近じゃ手もやたら震える」

姉はこんな私をバカにすることもなければ、説教することもなく、ただただ励ましてくれた。

「そうは言っても、飲み過ぎのせいで何か大問題を起こしたわけじゃないでしょう？　会社にはちゃんと行ってるし、借金をこしらえたわけでもなければ、何かやらかしたわけでもない。しんどいなら飲めばいいのよ。断つ努力も続けながら」

　問題だとわかっていてもそれを大きくするばかりの私に、姉の言葉は私を慰めてくれたと同時に新たな気づきを与えてくれた。私は叱られるほどすねてしまうタイプなので、姉の対応はとても性に合っていた。新たな視点を得てお酒を飲んだあと、己を省みてみた。遅刻したり、顔も洗わずに出勤したりすることは多々あったけれど、無断欠勤は一度もなかった。酒癖も悪いというより、しぐさが大げさなだけだった。焼酎ならば２本以上飲むと、やたらと自分のことを話したくなったり、過敏になった情緒が、振られたコーラのように噴き出したりした。

「ふははっ、わたしさぁ……じつはさぁ……こういうわけでさぁ……」

　泥酔した私は頭のイカれた哲学者のように振る舞った。哲学者がイカれたのか、イカれた人間が哲学をしようというのか、よくわからない有様だった。世の中のあらゆるものに好

奇心を抱いて好きになり、嫌いなものとも秒で恋に落ちた。そのくせ語ったものすべてを嫌悪してふりだしに戻ったりした。

「これから良くなる。だって私、ぶっちゃけ今が嫌いだし。今日が最悪なら明日はこれより悪くなるはずないでしょ。でもさ、さらに最悪の最上級があったらどうしよう？　きゃははは」

飲んでこんな感じになっているときは相手も酔っ払っているため、互いの話など耳に入らずただ浮かれていた。歌って、踊って、千夜一夜物語みたいなトークショーを繰り広げて遊んでいたけれど、それだけだった。

一人になると、後回しにしていた悲しみがスズメバチの群れのように飛んできた。家までの帰り道で、そして玄関の暗証番号を押すたびに、立ち尽くして泣いた。涙腺と玄関扉がここで私を泣かしてやろうと陰謀を企てているように思えた。しんどすぎて逃げたはずなのに、幾度となく同じ気分に囚われるのが信じられなかった。

一人暮らしの部屋は、明かりをつけるのが嫌で真っ暗だった。転んだり、何かを踏んだりしてようやく自分がぼんやり突っ立っていたことに気づく。物理的な痛みで現実に引き戻される日々。意気地がなくて一線は越えなかったけれど、ど

んな夜のどんな気持ちが自傷行為につながるのか少しわかるような気がした。感情をコントロールできない人間は身体の痛みをコントロールすることでしか生を感じられない。まだ生きている事実に薄白い安心を感じ、いまだに生きている事実に慄きながら明け方まで生の影と戦うのだ。

　頭のてっぺんまでお酒に浸っていた頃、こんなに時間をムダにしているのに、毎日まだ老いてないという事実がどれほど残酷だったかしれない。信じてもいない神様の目に留まろうと、年甲斐もなく何度も言いがかりをつけた。聞いてるんなら盗み聞きばっかしてないで、不渡りを出した私の人生をさっさと差し押さえて持って行きなさいよとうるさく訴えた。「私にタメ口をきいた人間はお前が初めてだ。願いを聞いてやろう」。そんな陳腐な展開を狙ってのことだった。きっと神様は私を眺めながら笑っていたか同情していたはずだ。それしきのつらさで当たり散らすなと私にげんこつを喰らわしていたかもしれない。その当時は本当に頭痛に悩んでいたし、痛みがひどくて、思い当たることはすべて反省した。うぅ……お酒はもう飲みません。悪態はつきません。当たり散らしたりもしません。だからこのクソみたいな頭痛をちょっと……あぁ、マジでもう！

もっと幼かったときの私は、ときに頭の中が花畑だと詰ら
れては傷ついた。バカみたいに明るくて薄っぺらかったせい
で、人生をナメていると顰蹙を買ったのだ。だけどアルコー
ル依存症一歩手前の暮らしを２年もすると、そんなふうに言
われることもなくなった。闇落ちしたり改心したりしながら
浴びるように飲んだお酒が、頭の中の花を根こそぎ枯らした
ようだった。また花畑を作りたいとも思わなければ、花のよ
うに生きたいとも思わないので、雑草が生い茂った今の内面
も悪くない。それに、せっかくならクローバーがいっぱい育
ってくれたらいいと思う。お酒の力を借りず、自分の心を見
つめることが、四つ葉のクローバーを探す旅となることを願
って。

私は能動的不眠を選んだ

　2週間に1回、土曜の11時に精神科に通っている。ADHD
の治療のためではあるけれど、最近では集中力不足よりも睡
眠不足のほうがひどい。10代のときは毎日12時間寝て、20代
のときは不眠症に悩まされて、自分の役目を果たせないのだ
から、まったく情けない。何カ月間も3〜4時間しか眠れず、
ようやく眠りにつけるのは午前3時を過ぎてから。あとから
わかったことだけれど、睡眠障害もまたADHDの宿命だった。

　私の症状は、ときどき細かすぎて神様の仕業みたいに思え
た。だから、お願いだからぐっすり眠らせてくれと祈った。
この身には許されないささやかな気分——熟睡して「すっき
りした」気分——を味わってみたかった。毎朝起きるのがつ
らくて、ひどい低血圧なのだと思っていた。血圧は正常だっ
たけれど、低血圧以外には説明がつかなかったため、そう信
じた。

　診察のたびに不眠や過眠を訴える私に、医者はリズムを整

えるよう言った。定時に起きて定時に寝て定時に食べ、規則
正しいリズムで生活を送りなさいと。お酒を飲むのをやめ、
その代わりに運動して体力をつけ、規則性を保ちなさいと。
ストレスへの耐性は日常的なリズムから得られるのだと。そ
の言葉が正しいならば、これまでずっとリズム音痴だったこ
とやストレスに弱かったことにも納得できた。乱れたリズム
で夜を明かした日々は、これまでの行いの報いだったのだろ
うか？

「最近はよく眠れていますか？」

「相変わらず眠れません」

「就寝時間と睡眠時間は？」

「寝つくのが午前３時過ぎで７時くらいに目が覚めるので３
〜４時間くらいです」

「夜はどんなふうに過ごしてますか？」

「本を読んだり、書き物をしたり、友だちとチャットしたり
してます」

「ふむ、そういうのはよろしくないと……お伝えしたと思う
んですが……？」

　先生は大概のことは我慢していたけれど、顔に全部書いて
あった。私は私で疲れを我慢していたけれど、目の下には痣
のような隈が広がっていた。先生とは親しいわけではない

が、かなり長いこと顔を合わせているから、表情を見ただけでわかることもあった。それでも先生は、さすが専門家なだけあって、空っぽの貯金箱みたいに嘆かわしい私を何年も励ましてくれた。そのプロ意識で、すぐさま私には睡眠薬は合わないだろうという診断を下したのだけど、意外にも私も睡眠薬は欲しくなかった。

　私は睡眠薬が怖かった。

　飲んでみたことはないけれど、そのおかげで、一度薬に頼って眠ることを覚えたが最後、もっと飲みたいという欲求が抑えられなくなるであろうことは明白だった。きっと極限まで眠らずに耐えて、そのあとたがが外れたように飲むに違いない。どうしても眠れないときにだけと言われれば、毎回、今がその「どうしても」のときだと考えるだろう。規則を守ることで規則を欺くのは、私の長きにわたる悪習慣のうちの一つだった。睡眠薬を思い浮かべれば、眠りを支配すべく薬の手下になる自身の姿が容易に想像できた。

　それに眠れない原因もわかる気がした。毎晩気絶するように眠る人もいるらしいが、私はそれが嫌だった。そんな眠りより、私自身が眠りを呼んで、眠りもそれに応えてくれるという形がいい。眠りがマイ・スイートダーリンというわけでもないのに、「呼ぶ」という表現が適切なのかと聞かれれば返

す言葉もない。けれど、もう一度言うと、私が不眠なのは、私が眠りを呼ばないからやって来ないのだ。8時間の完璧な睡眠よりも本を読んだり書き物をしたり友だちとチャットしたり、ときには三つとも同時進行することを優先しすぎているとも言える。

夜中の12時を過ぎれば起きている友だちもいないので、私が本当にやりたいのは自分自身との静かな対話なのかもしれなかった。配達のバイクがアスファルトをこする音、酔っ払いたちがわめく声、隣人がとんでもない音量で見ているテレビの音はどれも、働いて帰ったあとの集中力を打ち砕いた。騒音があふれているときは、一人でいても群衆の中で苦しめられている気がした。夏の夜が嫌いなのも、夜遅くまで騒がしい特有の雰囲気のせいだった。逆に冬の夜はとても静かで、眠らずに起きていれば、それだけ一人になれた。

明け方には、ただ自分のためだけに疲れることをした。何かを書きながら、物思いに耽った。とどまらない妄想は、ADHDによって与えられた呪いであり、祝福だった。日常の中で浮かんでは消える思いは、大富豪が必死に隠しておいた遺産のようだった。他人に分け与えるほど厄介で危うい状況に陥るという点で、貴重なのかそうじゃないのか、よくわからなかった。それにいい考えが思いついても、いざ書こうと

した瞬間に一欠片も残らず消えてしまう。最高の表現を取り逃がして普通の表現ばかりを拾って綴る私の文章は、使い古されてマヌケだった。けれどお金にもならないことに執着すると、皮肉なことに、お金では買えない満足感を得られた。短期的なご褒美なくして簡単なこともできない私には驚くべき経験だった。

「それで、チョンさんが眠れない理由は正確にはなんだとお考えですか？」

「時間がもったいなくて、眠りたくないんです」

「でも働いてもいますし、ネコの世話もして……すべきことはやっていらっしゃるではないですか」

「でもみんなは高３のときにこういう生活を経て大人になるじゃないですか。私、その頃はものすごく寝てたんです。それにもう29歳ですし。何かを一生懸命頑張らないとダメなんです」

　この言葉は本心だった。でもちゃんと睡眠を取ったほうがいいと言う先生の言葉も本心からなので、なかなか意見が合わなかった。もしも精神科の先生とばっちり意見が合う日が来たならば、その日が最後の診察になるのではないだろうか。

　きちんと休むために身体にムチ打つのは、私から見ても矛

盾していると思う。目覚ましが鳴るたびに目がしょぼしょぼ
しすぎて痛いし、飾り気のない身なりはいつもダサく、部屋
の有様もまた私の健康もろともひどくなりつつあるけれど
……意外とどれも悪くはない。明るく澄んだ夜と疲れた朝を
行き来する間、一日の半分を寝て過ごしていた頃より確かな
気持ちで人生に臨んでいる。

「自分の結婚式にすら遅刻する女」という評価に対する考察

　遅刻する人間は嫌われる。あいにく私はほぼ毎回遅刻する。5分、10分、40分、2時間……。時間も理由もまちまちだ。準備が間に合わないときもあるし、十分な余裕をもって出ても道に迷ったり、バスや電車を間違えたりして結局遅れる。誰よりも早く家を出ても、誰よりも遅く着くことが多々ある。

　遅れれば叱られる。

「自分の結婚式にすら遅刻する女」というのも、耐えに耐えて我慢の限界を超えた両親に言われた言葉だ。私を叱るのは両親に限ったことではないから、私の外出は、どんな選択をしようとも「叱られる」結果を導く、設計ミスのあるアルゴリズムのようだ。もしかすると私はインドア派なのではなく、外では普通の人ができるみたいにはできないということを認めて要塞に立てこもっているのかもしれない。

　私の遅刻はADHDの症状がいろいろ組み合わさった結果なのだけれど、こうした言い訳は韓国社会では通用しない。

遅刻の前では誰もが一様に結果主義者になる。私の生きづらさを知る人でも、10人中10人が「百歩譲っても遅刻は自己責任」だと説く。移動に2時間かかりそうなら3時間前には家を出て、3時間かかりそうなら4時間前には家を出ればいいだけの話だと。けれど私からしてみれば、それができたらそもそもADHDではないという逆説にたどり着き、モヤモヤする。

さらに言うならば、遅刻しないよりも遅刻して謝るほうがはるかに簡単なのだ。遅刻魔が屁理屈なんぞこねおって……と思われるかもしれないが、これだけ遅刻が多いと、怒る人の心理を学ぶという境地に至った。人というのは、遅れてくる人間よりも遅れてきたのに図々しく振る舞う人間を100倍嫌う。これを最初から頭で理解していればよかったのに経験から学ぶことになったのは残念だけれど、とにかく、そういうわけである。

だから私は遅刻が確定した瞬間、わざとらしいまでにへりくだる。このときに遅刻の正当性を事細かに説明するなどもってのほかだ。相手は「許す立場」から許すか否かを決めて、ある意味こちらに償いを求めているというのに、言い訳によってその立場を奪われたくはないのだから。

「乗るバスを間違えて……」と言ったあとに「こんなことも

想定できなくて本当にマジでごめん」と付け加えるのが私なりのサバイバル術だ。「遅れたって言ってもたった10分じゃん」ではなく「10分あればナポレオンがワーテルローの戦いで敗れてしまうのに、そんな時間をムダに道ばたで過ごさせてしまってすみません」と言うほうが断然いい。ナポレオンが本当に10分で戦いに敗れたのか、それは私も知らない。たった今、思いつきだけで言ったことなので、おそらく違うだろう。とにかくこれが、わざとらしいまでにへりくだる戦略の一部だ。

　実を言うと、私は遅刻に対する道徳観念がない。だから口で言うほど申し訳なく思ってはいない。だってちゃんと努力したにもかかわらず、私が遅れたのは、周囲を知覚する力、方向感覚、地図を解析する能力、時間を設定する能力にどうしようもない偏りがあるからだ。ただこれは私に限ったことなので、他の人がどうして遅れずにいられるのか不思議でならない。30分かかるルートをきっかり30分でやって来られるなんて、私にとっては非現実的に思えるほどの驚異なのである。

　でもそれ以前に気づいたことがある。それは、人の世の争いのほとんどは「ごめんなさいとひと言謝れば済むのに、そうしないから」大きくなるということ。遅れた分際で図々し

く振る舞えば、遅刻以上の不和を生み出す。私はそれが本当に嫌なので、私のわざとらしいまでの謝罪は結局のところ本心になる。私は嘘がつけないので、謝るときには何かしらの真実を込めないと、あからさまに嘘くさくなってしまう。

　自分がADHDだとわかって思ったのは、私を危険にさらすのも、そこから救うのも、それはいつでもADHDだということ。普通の人ならば何事もなく0のままの日常を、私は突如マイナス1000まで落とされたあと、再びプラス1000、回復することで手に入れることができる。一時^{いっとき}はそれが恥ずかしかったけれど、それだけ成長する機会も多いだろうから、回り回って360度回れば、最終的にはまともになると信じて待つことにした。

　みんなを待たせまくって生きてきた私には、自分が完成するのを待ちながら退屈する資格などないように思う。時間の概念がない代わり、恥を知る心がわずかながらある。だから明日も「私が遅れたのは……」とは言わずに「理由は何であれ、遅れてごめん」と言うだろう。とにもかくにも、しっかりと本心を込めて。

不完全かつ持続可能な
お掃除大作戦

　他の人みたいになりたいと思いながらも、他の人みたいに日常の雑事をこなせない。例えば掃除や整理整頓。引き出しを一つ整理するのにも、部屋全体を磨き上げるのにも、的外れな努力を注いで新たな混沌を生み出す。空間を管理するよりも空間を無視するほうが簡単で、どこから手を付けていいのかわからないときは、いっそのこと手を付けない。散らかりをどうにもできないので、別のことをして気楽な世界に飛ぶのだ。

　こぎれいにできないだけで衛生観念はちゃんとあるから、物と一緒にストレスが溜まる。私の部屋はいつも、もつれて絡まった衣服と本とあらゆる小物、そして細々したゴミで苦しめられていた。その部屋を荒らす私も部屋から反撃を喰らって、どうしていいかわからないのだから、悲しいことだ。朝鮮時代に生まれていたなら、私が一番に『タニシの花嫁』*1

---

*1　韓国の民話。美しい女人に変身したタニシが貧しい農民の男の妻となり夫を支える話。内容はさまざまで幸せな結末もあれば悲しい結末のものもある。

を生み出していたかもしれない。私は現代人とはいえ、「タニシの婿」みたいなものを切実に求めているから、もし現代にこの物語がなかったとしても、きっと私が書いていたに違いない——まさにこうした空想が、掃除をしたくないときの私の逃げ場になってくれている。朝鮮時代の私がタニシの労働力を搾取する姿のほうが、今の部屋の有様よりも希望にあふれていた。

どうして掃除が苦手なのかというと……掃除は、結果を重視するように見えて実は過程を重視するからだ。きれいに片づいた状態にするためには空間全体を把握し、物をすべて出しては収納するという行為を繰り返さなければならない。体系的、規則的、反復的な作業を不得手とするのがADHDなのに、掃除にはまさにそうした能力だけが求められる。大学院には進学していないけれど、掃除には修士論文の執筆と似たような不可能を感じた。私にとって完璧な整頓は完璧な論文と同じくらい不可能だ。大学院生が修了を先延ばしにするように、私は掃除を先延ばしにする。自分の無能さに対する諦めと、もしかしたらできたかもしれないという未練を同時に感じ、不安の中で休むのだ。

完璧な掃除というのは、捨てるつもりのない物がすべて、あるべき場所に置かれている状態なのだと思う。けれど、場

所の判断どころか、捨てるべきか残すべきかを判断するところから難しい。使ったティッシュ、テイクアウト用の容器、悪くなった食べ物・飲み物などは言うまでもない。でもちょっと水に濡れたキッチンペーパー、余った割り箸、あとで食べるかもしれない食べ物などはどうしたらいいのか？　おしゃれな紙袋、捨てたら困るかもしれない取扱説明書の数々、着ないけど高かった服なども同様に悩ましい。頭を悩ませているうちに集中力が切れて、それらは結局そのまま放置される。ゴミではないのにゴミのように私の側に侍り、おかげでお高いワンルームは、ときに安っぽい安らぎにすらならなかった。ここに帰ってくること自体、尽きない心労の始まりなのだ。

　心労防止のため年明けに大掃除をした。しまい込んでいた物を掻き出せば、足の踏み場もなくなった部屋には記憶にない物があふれていた。「これ、ここにあったんだ」と「ないと思ってまた買っちゃった」が入り乱れ、まだ始まったばかりの今年がすでに穢れつつあるような気がした。楽しい未来を望むなら、新年の始め、二つに一つを選ばなければならない。清潔への欲求を一切捨てるか、完全に満たすか。とはいえ、ネコを飼っている私には本当に選択権があるわけではなかった。薄氷のような清潔をだましだまし保ちながら暮らすこと

にした。ひとまず一度きれいにして、大掃除をしなくてもい
いように気をつけていこうと。持続可能な清潔のため、苦心
した末、いくつかのルールを設けた。

一つ、心がときめこうがときめくまいが捨てる。

　実際、私の心をときめかせる物は役に立たない確率が高か
った。お菓子のおまけのキャラクターグッズ、グーグルのロ
ゴが印刷されたプラスチックのコップ、可愛らしいマスコッ
ト付きのインク切れのペンなどなど。使い道がありそうでな
い物もある。スターバックスのスケジュール帳、香りが微妙
な限定品の香水、サイズを間違えて一度も袖を通したことの
ない服……これらをほったらかしておいた年月は、これらが
なくても何も困らないという証拠だ。

　ときめかないけれど、なんとなく捨てがたい物も全部捨て
た。元彼にもらったぬいぐるみ、化粧品のサンプル、サーテ
ィワンのプラスチックスプーン、保冷剤、黄ばんだ白いTシ
ャツ……こうしたものはどうせ溜まっていくのだから持って
いる必要がなかった。

　思い切って捨てる理由は「捨てるか残すか」と悩んだとた
ん、掃除に対する集中力が切れるからだ。思い出の品など出
て来ようものならば、あっという間にタイムトラベルしてし

まう。

「この頃は本当に楽しかったなぁ……○○が××を△△して笑えたっけ……」

　ゴミ溜めの中でにやつきながら疲れるのが嫌ならば、物から人間を思い出してはいけない。バラエティ番組の参加者のつもりで、５分間でなんでも捨てるゲームをしていると思ったほうが精神的に楽だった。

　ゴミ袋に入れるときにはもったいないと思っても、ゴミとして出してしまえば気分がすっきりする。捨てなければよかったと思ったことはほぼない。目に入らなくなれば、驚くほどあっという間に忘れた。頻繁に捨てるようにすれば、ムダな買い物も予防できた。今買いたいと思っているこれは、未来の私がきっと捨てる物なのだからと最初から手に取らなくなったのだ。

二つ、掃除道具をグレードアップする。

　どうすれば自分にテキパキと掃除をさせられるかを考え、掃除を始めるまでの前段階を最大限減らしてみることにした。家事を先延ばしする理由の一つは、家事のための家事が嫌だから。雑巾を使おうと思ったら雑巾を洗わなければならないし、掃除機を使おうと思ったらぐちゃぐちゃにこんがら

がったコードをほどかなければならない。こうしたことが頭の中で掃除シミュレーションをしたときに大きな障壁となり、あちこちで「あとで」を引き起こす。几帳面になる自信はないから、少し値が張っても便利な掃除道具を準備した。私は進歩していないけど世の中は進歩しているので、たんに道具を買い替えるだけでもとても役に立った。

　普通サイズのコードレス掃除機とハンディタイプのコードレス掃除機、コードレスの電動モップを買ったあと、7万5000ウォンのセンサー付きゴミ箱を買ったらみんなに笑われた。自分ですらも……。でもいざ使ってみたら、なんとまぁ便利なことか。触らなくても蓋が開くし、ゴミがいっぱいになったら袋の口を閉じてくれるうえに新しい袋まで自動でセットしてくれるのだ。これほどまでに優秀だと7万5000ウォンはゴミ箱代ではなく、私が自分自身にしてあげない労働の対価と言えた。出たゴミが即ゴミ箱に捨てられるだけでも部屋がだいぶきれいになった。

　三つ、服は目につかない場所にしまう。

　ファッションに疎い私が服を買う理由は、外出時の服選びがしんどいから。最初に手に取った服をそのまま着たいので、自分が手に取りそうな服を買っていた。そしたら全然、

服が片づかなかった。私には、家に帰ったら速攻で服を脱ぎ捨てる癖があった。そのため、部屋のあちこちに飴の包み紙みたいにしわしわになった服がほっぽられていた。それらを着たくなければ、いくらでもクローゼットの中をひっくり返して別の服を出せばいい。でも私は、そうした服も平気で着るタイプだった。今まで服を片づけられなかった理由を考えて思うのは、完璧に整頓しようとしていたからだ。できることならビシッと並べて色別に整理したい。でもいったいそれを誰がやるのか？　だからそこは思い切って妥協することにした。適当に丸めて、目につかないよう、しまうところまではやる。服があっていい場所はクローゼットかタンスの中だけ。そう決めたら部屋がきれいに見えた。クローゼットの中はごちゃごちゃだけど、扉を閉めればわからない。正直、クローゼットやタンスの開け閉めすら面倒なのだけど、あとあと服の大片づけをするよりは楽だ。

四つ、冷蔵庫を開けるたびに、もう食べそうにないものを一つずつ取り出す。

　冷蔵庫の中はとても恐ろしい場所である。みずみずしい希望と腐ったゴボウが薄ら寒く共存しているのだから。腐った食べ物は、匂いに敏感な私にいつでも変わらぬ嫌悪と恐怖を

与えた。なのに私はしょっちゅう食べ物を腐らせてしまうから、何をどう反省していいのかわからなかった。冷蔵庫はクローゼットと似ているものの、やや生々しい吐き気を催した。

　一番いいのは、飲み物以外は入れないことなのだけど、自炊せざるをえない身ではそう人生甘くはない。近頃では何かを取り出すたびに、まだ腐ってはいないけれどすぐに腐りそうな食べ物を一つ、一緒に取り出す。悪くなる前に片づけてしまえば、嫌な気分にはなっても嫌悪や恐怖までは感じない。だから今、片づけてしまおうというわけだ。これからの人生で今この瞬間の自分が一番若いように、冷蔵庫の中の食べ物も今この瞬間が一番マシだと思う。だから送り出してあげよう。

五つ、片づけ番組の撮影中だと想像する。

　今から30分後に汚部屋を片づける番組の制作チームがやって来ると想像してみる。私の部屋は「ビフォー」の状態として紹介できるくらい散らかっていなければならない。そうすると今すぐ片づけるべきものが目に入ってくる。ゴミ、食べ物、物干し台、下着、請求書などなど……。こうしたものこそまさに、私自身にもわからなかった、最優先で片づけるべきものたちだ。まずは他人に見られても平気だと思える最

低限の状態にしよう。それから自分が満足いくまで片づければいい。あとで「アフター」として紹介される部屋を思い浮かべれば、片づけるべきか否かの感覚がつかめた。そのほとんどが、あるべき場所でないところに置かれている物たちだった。

六つ、自分の能力に合わせて適当に切り上げる。

完璧にきれいにしようとすると、完全に汚くなる。「隠れ完璧主義」がどれほど有害か、私の人生を見ればわかる。「中途半端に片づけるくらいなら、あとで一気にやればいいじゃん」という考えが、現在の汚部屋を存続させていた。それに「一気に完璧にきれいにする」のは「大掃除」に他ならない。普段の掃除に大掃除みたいな覚悟を求められたら、私は掃除と絶交する。完璧に掃除しようとするのではなく、掃除を「すぐできること」「それなりに楽しいこと」にしてシンプルにするほうがずっといい。そして、どうしてもやりたくない日は無理せず翌日に持ち越す。多少部屋が散らかっていようと、大して問題ないのだから……。

「浪費癖」と戦い続ける

　私はいつも、ひっくり返ってしまったピザみたいに、一瞬で無一文になる。「あっ」という間に財布の紐が緩んで、はした金まですべて巻き上げられてしまうのだ。実際に奪われるわけではないから「巻き上げられる」と言うのはずるいかもしれない。だけど我に返ると残高が0になっているのも事実なので、被害者っぽい表現を使いたくなる。できることなら将来は慎ましやかにお金を使いたい。蓄えもなく、蓄えがなくとも成功を収められるような手腕もないくせに、私は無謀なお金の使い方をしてしまう。なのに、いざ残高不足を目にすると、こんないたたまれない事態を引き起こしたのが本当に自分なのか実感が湧かない。

　ADHDという言葉すら知らなかったとき、私の浪費癖は人格的な問題なのかと思っていた。思慮分別がないから、子どもっぽいから、身の程を知らないから。だから金持ちでもないのに湯水のように使ってしまうのだと自分を責めた。けれど私が一生懸命稼いだお金はすべて厄介な前頭葉への貢ぎ物

になっていたのだ。ADHDの金銭感覚は衝動性に直結していて、衝動性の制御をする役割を果たすのが、まさに前頭葉なのだ。

　衝動を抑えることが難しい私は、古典的な三つの欲望を自分では制御できなかった。「買いたい」「行きたい」「したい」——それどころか欲望の優秀な奴隷になるのが常だった。シェイク・マンスールもウォーレン・バフェットも、衝動に駆られたからとなんにでもお金を使うわけではないだろう。ともあれ彼らは使う額より稼ぐ額のほうが多いからお金持ちなのであり、それに比べて私は……働き蟻のくせに、暮らしはまるで女王蟻だ。そんなだから蟻地獄の恐怖に慄きながらもムダにお金と時間を費やしている。

　無一文だった年月より恐ろしいのは、自分はいまだに無一文で、今後も無一文のままだという確信だ。お金を稼いでも蓄えられない運命ならば、なぜ稼ぐのか？　だからといって稼がなければ毎秒増え続ける出費をどうまかなえばいいのか？　この難題に私は改めて大きなショックを受け、無力感に打ちひしがれた。こうした事態はすべて「自己責任」となるからだ。

　これまで自分を信じたことはないけれど、自分が必死にあ

がいているという事実は信じた。私だけでなく、この時代の若者たちはみんな貧しいという経済格差を信じた。お金の話をすれば、私みたいな浪費家は一人もいなかったけれど、私たちはみんな、程度の差はあれ小市民としてくくられるのだと信じた。浅はかな思い込みで、私を不安にする気づきを無視していたのかもしれない。貧しいのは私のせいじゃない。資本主義と経済政策の失敗のせい。望むだけ稼げるわけでもないのに、お金がかかるところはやたらと多いし、物価も高い。なのに、実は全部自分のせいだったなんて。私に「節約できる能力」さえあれば、あえて考えるまでもないことに足を引っ張られている。

衝動に駆られて高級品ばかり買うのかと問われれば、そうでもない。むしろブランド品など高価な物が多かったらもっとマシだったかもしれない。現物があれば今現在の貧困は満たされる。いざとなったらそれらを売り払えば、しばらくしのぐこともできるだろう。だけど私の出費は、主に当座の問題解決や失敗の後始末のためだった。

遅刻のピンチに陥ったときのタクシー代、忘れ物の再購入代、不注意で壊してしまった物品の弁償金などだ。絆創膏や軟膏くらいならいいが、財布、スマホ、上着などは痛手が大きかった。ミスの多い私は、その埋め合わせをすることも多

かった。「ごめん、今度ご飯おごるから」という約束を守るべく、本当にごちそうするのだ。一人の人間のわずかなお金がこんなにも次から次へと使われうるものなのかと首をひねりたくなるが、正しかろうと間違っていようと、私のお金は決して蓄えられることのないルートで口座から消えていった。「どのように使うか？」という問いが「どのように貯めるか？」に対する答えだという点で、私の消費行動には未来がなかった。

　節約のための一般的な方法が私にはあまり役に立たないと気づいたのは大きかった。口座を分けたり、家計簿をつけたり、出費する直前の関門をさらにいくつか設けたり。口座を分ければ意地でも引き出して使ってしまうし、家計簿をつけるのはそもそも無理だった。何年頑張ってみても、収入と支出のデータを一所にまとめることができなかった。「Web 発信：出金」という SMS を受け取らないと、支払いをしたことに気づけなかったし、支払いの督促を受け取らないと、支払いを忘れていることに気づけなかった。口座を新規開設するには身分証が必要なのに、それもなかった。なぜなら身分証を全部なくしていたのだ。忘れていたり、なくしたり、なくしていることすら忘れてしまうのが私という人間だった。すごく自由なお金にだらしない人間のようだった。このまま

自由に振る舞っていたら本当にそうなってしまうかもしれない。皮肉なことに、この浪費癖のせいで高価なADHDの薬を手放せなかった。値は張るけれど衝動を抑える効果のある薬で、結果的には薬代以上のお金を節約できた。

　薬の効果は、ちびっ子魔法使いの未完成の魔法みたいで、信じるのも頼るのもいいけれど、一生を委ねられるほどではなかった。切羽詰まった衝動を薬で抑えたあとは、私の努力にかかっていた。その成果は微妙だった。それでも気力を使うほうがお金を使うよりはマシだろうと、いくつか決まり事を作って守ることにした。

　一つ、クレジットカードを作らない。

　私はなぜかクレジットカードのアプリに表示される数字をお金として認識できなかった。カード額の限度は、人生ゲームの手持ち金のように思える。本物のお金も節約できないのに、お金とも思えないお金をどう節約できるというのか？「カード利用限度」「マイナス口座」のようにマイナス記号を付けられるお金は危険だった。100万ウォンの商品を10回の分割払いで10個買えば、結局は1個を一括払いで払うのと同じことだと骨の髄まで理解するまではクレジットカードは作らないことにした。クレジットカードが悪いと言いたいわけ

ではない。その利便性以上に多くを支出してしまう自分が恐ろしいのだ。カードの使いすぎで自分を恨むことになる状況は細部に至るまで想像できて、もはや飽き飽きしている。

二つ、買う前に「これを買わなかったとして、三日後にも思い出すだろうか?」と、一つだけ自問する。

普通はお金を使う前に必要性、利便性、コスパ、家計状況、希少性、再販価値などをすべて検討する（らしい）。けれど、私は考えることが多いと疲れるうえに混乱する。そして「よくわからないからとりあえず買っておこう」という安易な結論を導いてしまう。そうやってとりあえず買ったものが数カ月後には未開封のままゴミとして出されることになる。本当に買う必要のあるものなら、買うまでの三日間ずっと不便を感じるはずだ。ちょっとばかし気になっただけのものは、当然のことながら三日以内に忘れる。役立つかどうかは関係なく、三日という関門を設ければ、多くの衝動買いを防げる。しかも優先順位もつけられる。中途半端に必要なものを諦め、「三日も待てないもの」だけを買うようになるのだ。

三つ、こまめに自分へのご褒美を用意する。

どうしてもやりたくないことがあるとき、私はお金をかけ

て自分を懐柔する。「大掃除したら10万ウォン分の浪費を許す」と自分だけが参加できるイベントを設けるのだ。丁寧に部屋を掃いて磨いたあと、かわいいけれど大して必要のないものを買うと気分が上がる。きれいな部屋と何気に欲しかったものの両方を手に入れることができる。変わった女だと思われるかもしれないけれど、お金を節約するのにまともではいられない。節約には必ず何かしらの無理が生じる。私にできる努力は、趣向を少し変えて自分の興味を引くことだけだ。

　浪費癖にはこれまでずっと悩まされてきたけれど、あの手この手を尽くしても、どうにも直せなかった。すでに「癖」として身についてしまっていたので、回数を減らすよりも惰性に打ち勝たなければならなかった。惰性に引きずられてばかりで、断ち切れたことなどないのに、とんでもない戦いに挑もうとしているのではないかと怖くなることもある。でもここで自分と戦わなければ、ありとあらゆる借金の取り立てと戦うハメになるため、これ以上恐ろしいものに立ち向かわずに済むよう頑張っている。我慢を重ねて惰性でずるずると浪費させるものよりも、パァッと発散させるもののほうが恐ろしいし、世にあふれている。

うるさすぎる孤独

　ADHDの人の救い方はわからないけど、破滅のさせ方なら一つ知っている。隣で繰り返し騒音を発すればいい。騒がしいと思われがちな人たちが騒音なんて嫌がるのかと思うかもしれないが、たいていのADHDは聴覚からの刺激に敏感だ。大小さまざまな音が、ただでさえ足りない集中力をいっそう蹴散らすのだ。診断を受ける前は、少しガサガサと音がしただけで人間が怯えるなんてことがあるとは思いもしなかった。だから、自分がしょっちゅうパニックのようなヒステリーを起こす理由もわからなかった。

　この程度の敏感さを正当化しようとすれば、モーツァルトにでもなったつもりかと言われそうだ。でも私はリズム音痴もはなはだしい音痴だったし、絶対音感のような恩恵にもあずかれなかった。デシベルやヘルツの問題ではなかったのだ。すでに耳に届いた音を受け取る段階で精神的な不協和音が生じるようだった。

　自分に関わりのないほぼすべての音に耐えられなかった。

テレビの音、時計の秒針の音、工事の音、クラクションの音……なかでも最悪なのは人が出す音だ。ゲップ、おなら、大きな話し声、ズズッと鼻をすする音、クチャクチャと咀嚼（そしゃく）する音、グウグウゴォゴォいびきをかく音、ゲホゲホゴホゴホ咳をする音。そうした音が繰り返される空間で、私は恐ろしさと同じくらいやるせなさを感じた。音の代わりに鼻くそ弾（だん）が耳にタンタンタンと打ち込まれるような感じだった。「鼻くそ弾」と言ったのは、単なる鼻くそや銃弾よりもひどいと言いたかったからだ。悪態や俗語を使わずには最高レベルの災難を表現できない自分が憎い。ともかく私は、繰り返される騒音によって強迫観念だか不安だかわからないものを感じながら30年間しおれかけている。

　鼻くそ弾を乱射されるたびにノイズキャンセリングヘッドホンでの防御も試みた。だけどこれは、ところかまわず使えるわけでもないし、聞かないといけない音まで防いでしまうという欠点があった。音による物理的な痛みがあるわけではない。でも左耳から入った音が一直線に頭を貫通して右耳を打つような感じがしたし、右耳から入った音もまた同じように左耳に打ち込まれている気がした。病的な症状をもう増やしたくなくて、このことには触れることすらなく見ないフリをしてきたけれど、しんどすぎて、このどれもこれもが私の

精神を引っかき回していると認めざるをえなかった。

　私が嫌う音は、他の人もたいていは嫌う音だった。でも他の人にとってはちょっと嫌だなくらいの音なのに、私には嫌悪といえるくらいの音だった。みんなが嫌悪を感じるくらいの音は、私にとっては恐怖だ。どんなイケメンもどんな大金も、これほどまで私の心臓をとび跳ねさせることはなかった。「ねぇ、聞こえない？　変な音するじゃん」と言っても、「音なんかする？」と聞き返されたし、楽しいおしゃべりを再開しても泣きたい気持ちを振り切れなかった。音がコーヒーの味を消すたびに、早く家に帰りたいと思った。

　でも実家もうるさかった。結局は多くのお金と手間をかけて、実家から飛び出した。会社から遠くて部屋も狭かったけれど、家族と一緒に暮らす家は自分ではコントロールできない騒音だらけだった。できるだけ我慢しようと頑張っても、私の爆発臨界点は高くならなかった。性質というのは実力や趣味と違って、自分でどうにかできるものではないからだ。

　当時は家族から気にしすぎだと諭されるのすら嫌だった。部屋のドアを蹴って「あーもうっ！　うるさい！」と言うときも、親に「まったく、また始まった」と言われるときも、ビリヤードの競技中継の音、シューティングゲームの銃声、誰かのいびきといった音が途切れることはなかった。共同生

活で断ち切られるのは、いつだって私の忍耐力のほうだ。そうなると人間関係も断たれることになる。だから一人で暮らすほうがよかった。実際に一人暮らしをしている今、両親と姉妹たちをもっと好きになった。彼らが変わったわけではない。彼らを無理に受け入れなくてもよくなり、状況が変わったのだ。距離感を保って初めて生まれる愛情があることを、いや、距離感が保たれないと生まれない愛情があることを、独り立ちして学んだ。

　仕事をするのも、もとをただせば私のスペースを維持するためだ。自分のための静かなスペースを切実に必要としていなかったならば、お金を稼ぐための職もまた切実に求めてはいなかっただろうし、当然、週休二日にがっちりと縛られる理由もなかった。想像の中の私は音に鈍く、他人に呆れられても何も気にせず自由に生きている。現実の中の私は、静かな家を維持するべく、騒々しいオフィスへと出勤する。

　私は質量保存の法則なんかより、騒音保存の法則を信じている。世の中にはどこにでも変な音をしきりに出す人間がいる。音を出す癖を直せない人間が、一人以上は存在しているのだ。私の職場は、一瞬たりとも途切れることなく繰り返される「ウォッホン！　カチャカチャドンドンゴンゴン！　ガ

タッダダダゴホンッ！　ガヤガヤザワザワパンパンフンフン
コンコンコツコツドゥルルンガンガンウィンウィンウォッホ
ン！」という音の連続だ。だけどこれはみんなのせいでも、
私のせいでもなく……私たちがとても狭いスペースの中で近
すぎるほどの距離にいるのがいけないのだ。とはいえ、それ
に気づいたところで改善されるわけではないのだが。

　誰も信じてくれないけれど、騒音のせいで「死にたい」と
思うことがしょっちゅうある。本心からではなく、不満が爆
発するのに近いが、毎回そう思うことには変わりない。騒音
に四方を塞がれた私は、ADHDがさらに悪化した。何にも集
中できず、衝動が暴れ回った。静かな空間だったら決して下
されない決定が、瞬く間に乱発されるのだ。イラついたりテ
ンパったりしてエネルギーを使い果たすと、最後には悲しく
なった。「どうしてこんなふうにしか生きられないのか」「ど
うしてこんなふうに生まれてきたのか」どちらの問いのほう
がみじめなのかもわからないまま、与えられた空間に耐え
た。私も人間だから、何の音もなく隣人もいない無の真空に
ぷかぷか浮かべられたままにされれば、おかしくなってしま
うだろう。でもだからといって、それが騒音をありがたがる
べき理由にはならなかった。
　血が滲むほどに耳の中を掻きむしり……自分の敏感な気質（ハンディキャップ）

について何度も考えた。敏感だというのは、いつでも癇癪を起こす準備ができているということだ。いいことがあっても、すぐに癇癪を起こすのではないかと怖くなって喜べないということであり、他人を恨みたくなくて結局は自虐に走ってしまうということでもある。私の愛情と友情と仕事と家庭と人格は、一度自分のことを克服しない限り、まともなフリなどできない。けれど実際には、私自身、自分が手に余った。高すぎたり低すぎたりする自分の基準に合わせようと気分が台無しになることなど日常茶飯事だった。外で一日中苦しんだ日には、干からびたボロ雑巾みたくなった体力で自分の気分を磨き整え、夜が更けていった。ADHDだという理由で1年に何十回もこんな夜を過ごさなきゃいけないなんて理不尽すぎると、いもしない神様に訴えた。

　センサー機能が壊れた前頭葉を、供え物のリンゴよろしくかすめ取る想像もよくした。でも前頭葉の切除みたいなことは、すでに昔のヨーロッパで大失敗している。病院に相談もしてみたけれど、音源から離れるしか方法はないと言われた。

「やっぱり私が敏感すぎるのがいけないんです」

　敏感すぎるせいで人格まで捨てた人間にならないよう、私は言う。

「いえ、敏感なのは悪いことではありません。敏感なことのどこがいけないのですか」

　先生の執務室は静かだから、ひとまず先生は優しい。

　複雑でろくでもない世界。誰とも感覚の合わない寂しい世界。

　でもすべてを脇に置いて考えれば、「うるさい」という私の訴えだって一種の騒音だ。ハリネズミの形をした耳当てを私がつけているせいで、周りはちくちく痛いだろう。でもそれではいけなくて、みんなが平和に暮らすのに一番手っ取り早いのは、たった一人が我慢すればいいのだということも理解している。自分一人のストレスですら持て余している私が、他人のストレスを気遣うなんて偽善でしかなくてバカみたいだけど、誰しもが自分の問題に煩わされ、孤独を抱えているという事実を理解することは大切だ。

自虐の使い方

　ときどき、泥パックをするみたいな気持ちで自虐の沼にハマる。私が好きな遊びの中で一番ヘンタイっぽい。自分を責めてはそれに反論するのを楽しんでいる。責めるのと責められるのと、どちらに快感を覚えているのかわからない。この遊びのいいところは、誰かに悪態をつかれても気にしなくなることだ。「お前って、ほんと失礼でムカつく」と言われても、私は悲しむどころかこう思う。

「気づくのが一歩遅かったんじゃないですか？　そんなの29年も前に私が先に発見してましたよ。まだ私の故郷が母のお腹の中だった頃のことですけどね」

　そうすると悪口を言われてもウインクできる気分になる。ちょっぴりユーモアを加えれば、こう変えることもできる。

「私にないのはあなたへの礼儀だけじゃありませんよ。集中力もなければ、記憶力もないんです。つまり、あなたが今おっしゃっていることを集中して聞いたりすることも、ずっと覚えてたりすることもできないということです」

こうした言葉は自分を卑下しているというより相手への当てこすりに聞こえるので、口には出さないほうがいい。ともあれ自虐行為には変わりないので、あえて他人を関わらせる必要はない。他人を巻き込むことなく、他人の攻撃をシミュレーションして自分の防御を固くしようというのが目的だ。

　私とて最初から自虐を楽しんでいたわけではない。けれど、悪態をつきたくなるような社会で弱者が生き残る術（すべ）は、いびつにならざるをえない。私はADHDで、人々から求められるレベルを満たせないことが多々ある。努力しようとしまいと、私は生きづらさを抱えていて、容易く非難にさらされる。そんな自分をどう守ろうか考えた末に、自分がまず悪役も善人役も演じてしまおうという結論に至った。

　けれど、むやみな自虐は自分を果てしないうつへと追い込んでしまった。自虐にも使用法が必要だったのだ。

　自虐をうまく扱うには、まず自分の行動の軽重を把握しなければならない。自虐とは右手に握りしめたナイフで左手首を傷つけるのと同じこと。だから、しょっちゅうある些細なミスに対して使ってはいけない。コップの水をこぼした、10分遅刻した、ムダに1万ウォンを使った、そうしたことで流血沙汰を起こす必要はないのだ。

　重大な失敗にだけ自虐を許すことにしたら、気持ちが軽くなった。もともと私は自分に対して「ゴミ」「頭がおかしい」「アホ」という言葉をたくさん使っていた。でも明日も起こりうるミスに対して毎回容赦ない罵倒を浴びせるのは違うのではないかと思った。その考えが正しいならば、自分に浴びせる罵倒は間違いだった。私は些細なミスに対する自分のひと言を一つに決めた。

「う～ん……」

　このひと言には些細なミスをさらに些細なものにする魔法の効果がある。それに短い。「どうして私ってこうなんだろう」から始まる、頭痛の治まらないうっとうしい独り言を長居させない。健康的で穏当な自虐には「また」や「いつも」といった副詞も要らない。このひと言で瞬時にミスに対する哀悼の意を表明したなら、この言葉は役目を全うしたと言える。

　一方で、自虐の総攻撃を受けなければならないときもあった。この前、私は関係の発展が見込めない彼氏候補と、自分のせいで別れ話をすることになった。付き合ってもいないのに相手を振るような発言をすることになり、いたたまれなかった。何を思って彼との未来を1000年先まで計画したのか。どうして単なる計画倒れで離婚したみたいにみじめな気持ちになるのか。軽率な行動を取るたびに自分を筵でぐるぐる巻

きにして捨ててしまいたい衝動に駆られるのに、こうしたことがしょっちゅうあった。

　今打ち明けたとおり、自分の軽率さのせいで他人の気持ちを傷つけてしまったことについては、罵られて当然だった。こういうときの私には「頭のおかしいアホなゴミ」という表現をしても、ひどいとは思わなかった。だから実際にそう言ってやった。自分は本当に頭のおかしいアホで、ゴミだ……。なんで自分はこうなんだろう？　またこんなことして、いつもこんなで本当に情けない……。禁じられた言葉たちに私を思う存分嚙みちぎらせる。実は、実際の表現は、ここにはとうてい書けないものしかないため、これでも私は自分に涙がちょちょ切れるくらい叱られていることになっている。

　けれど自虐のスポーツマンシップが輝くのは、締めくくりの段階からだ。自分を責めることに決めたなら、責めるだけでは終えないという誓いも守られなければならない。誰を責めるのかについてだけは、私は負けた。自分に罵倒されまくった。このくらいしたなら、誰かに不満の池から引き上げてもらってもかまわなかった。

　とはいえ、人生は結局のところ一人芝居だから、救世主もまた自分の役目だった。経験上、他人にヒーロー役を任せると、あとで必ず厄介なことになる。自分が蒔いた悲しみは自

分で回収するほうがサマになるし、間違いがない。だから私は一人二役を演じるべく、すばやく役を切り替えた。自分を罵ることになった原因を、称賛の根拠に生まれ変わらせるのだ。

　私が本当に頭のおかしいアホみたいなゴミならば、そのことに気づいて認めたという点で望みがある。いったいなぜ、こんなことをするのかわからないけれど、答えが気になってはいるから、いつかはその答えを見つけられるだろう。どんな結論も探し求めなければたどり着けないし、人が更生するのも後悔あってこそなのだから。またこんなことして、いつもこんなだけど、それがどうだというのか？　思うがままに生きるのが難しい世の中で、かっこつけることをやめないでいるのには気力が要る。何度も失敗して挫けながらも、人との関わりを試み続ける私は、博愛主義者なのかもしれない。

　屁理屈なうえに言い訳だけれど、無理やり罵っておさまりをつけるように褒め称えてみたら、自分にどんな種類の愛情が必要なのかもわかるようになる。ここまで来ると、私はもっと軽く考えて笑って受け流したいと思った。私の失敗から生じた数々の出来事が、即興のジョークのように一度きりのことであってほしいと願った。私たちの仲が永遠に気楽であってほしいという願いを込めて、そして私の中の自虐で失敗

を償ったのだからどうか重苦しくしないでくれという思いを
込めて、私は今日も、私の人生に口添えしてくれる人たちに
こう答える。

「う〜ん、オ〜ケ〜」

ＡＤＨＤ６年生が
よく聞かれること

ADHDの診療を受け始めて6年目。私はかなり強くなった！「かなり」という言葉でその度合いを伝えられるかはわからないけれど、ADHD勇者ならば、わかってくれるだろう。私たちは私たちだけの魔術「曖昧の術」で世界のあらゆる曖昧さを小気味よく感じられる。

中堅のADHD患者になり、完璧によくならなくても平気だと思うようになった。自分の至らなさにオロオロしないから平気だし、平気になったらなったでますます平気になり、平気でいることに飽きていたずらに悪くなることもなく、どんどん平気になりつつある。なかなか悪くないという感覚が私を腐らせずにいさせてくれるので、毎日のように新たな気持ちでいられてなかなか悪くない。他の人を気にかける余裕ができたという点で、人としてもよくなりつつある。それなりに幸せに生きる資格が十分あるのに悲しみに暮れている人がいるのではないかと気がかりだ。私がこのくらい平気になるまでには何年もかかった。私のその時間はもう戻らないけれど、その分、その誰かの時間を惜しみたい。この世界の誰にもあのときの私みたいに苦しんでほしくない。あんな地獄みたいな時間を味わわないと平気になれないのだとしたら、ADHDとうつ病はなんて悪いやつらなのか。

Q. 自分はＡＤＨＤだと確信しているけれど、病院には行っていない（行けていない）。大丈夫だろうか？

大丈夫だと思う。一度精神科で検査してADHDの診断を受ければ、そのあとはADHDではないと否定することはできなくなる。治療を続

けようが途中でやめようが、ADHDという言葉を見るたびに気が重くなる。病院での診断を見合わせている今が、ADHDという言葉から自由でいられる最後の普通の日々かもしれない。普通の日々が幸せなのか、病院に通う日々が幸せなのかは誰にもわからない。

　治療費が負担になったり、家族の反対にあったり、自分の気が進まなかったり、面倒くさかったり……。病院に行けない理由はいろいろあるだろう。でもそれは自分を救うことを先延ばしにしているのとは違う。自分の直面しているつらい現実に耐えている最中なのだと思う。私もうつがひどかったときは、ベッドから出られず、何もできなかった。少しよくなっても、それはベッドの中でだけで、長いこと足踏み状態だった。なんとなく無気力だと思っていたけれど、世の中に「なんとなく」なんてあるわけなかった。何もしていなかった頃ですら、何もしようとしないという目的に一生懸命だった。

　それに精神科の診療にはお金だけでなく精神的な対価もかかる。最初はお財布を持っていくだけでいいと思っていたのに、それよりも「自分と向き合うこと」や「正直になること」といった抽象概念を破産直前まで差し出さなければならなかった。先生たちは私が話したくないことばかりを選んで、何度も優しく尋ねた。精神科は危ない場所ではないけれど、ずっと逃げ出したい気持ちが消えなかった。あらかたのことは大丈夫だけれど、薬物治療を途中でやめるのは大丈夫ではないので、自信がなければ精神科の受診はむしろ持久力と意志を十分に確保できたあとのほうがいいかもしれない。

Q. ADHDの薬物治療は気になるけれど、副作用が怖い。実際に薬を飲んでみて大丈夫だったか？

　大丈夫とも言えるし大丈夫でないとも言える。身体的、精神的な条件

はみんな違うし、薬にどんな効果を期待しているのかによっても薬の効能感は違うから。

　私はADHDの薬が私のナマケモノ前頭葉に雷を落としてくれることを願った。脳を入れ替えたみたいに劇的な変化を期待した。でも薬の効果はあったけれど、私が突如としてキム・ヨナやパク・チソンみたくなるわけではなかった。だけど彼らの競技をもっと集中して観られる人間になった。しっかり集中して運動競技を観たことなど人生で一度もなかったから、私としては満足だった。薬の服用後は気だるく胸が詰まるような高揚感があるけれど、しびれるような感じではなかった。ADHDの薬はコカインに構造に似ているという説があるが、合法的でありながらも背徳的な快楽がある、というわけではなかった。それに麻薬に似た覚醒成分が私を救う鍵だということに長い間自尊心を傷つけられ、今も傷ついているのでその点はいまだに受け入れられない。そういう薬を飲んでようやくある程度まともになれる私が、実際のところ大丈夫なのだろうかと考えた。

　一方でコンサータを飲むと、物事への興味が干からびたみたいに乾燥した。飲まないでいると、勝手に踊ったり、くすくすと笑ったりするほど心が浮き立った。医者には私の感じた乾燥こそ「落ち着き」だと言われたけれど、私には相変わらず異物感っぽい感覚だ。でも薬の服用は、毎日の気分と仕事と対人関係にいい影響をもたらしているとも思う。だから薬の効果は個人の日常生活によっても異なるだろう。激務のときは効果をしっかり感じ、休日には、はたして効いているのだろうかと感じるように。

　同じ時間に同じ薬を飲んでも、集中力の高まり方は毎日違った。薬は妙手にも悪手にもなるから、慎重な態度が必要だと思う。個人的に得るものを100とすれば失うものも60くらいにはなる気がした。ためらうの

は慎重である証拠で、決して無意味ではないと応援したい。

Q. ADHDで良い点もある?

この質問はまるで……うんちを踏んだ人にいい香りがするかと聞いているようだ。正直、ADHD自体にいいことはないと思う。でもADHDとして生きてみて、生まれ直したいと思うほど悪いものでもない。ADHDのせいで私に欠点が多いのも、それゆえ普通の人に比べてろくでもない波瀾に巻き込まれてしまうのも事実だ。でも良い点と悪い点の合計がプラスなのかマイナスなのか一度に計算できるものではない。ADHDでなくても人生というのは、0か1かで判断できるものではないからだ。どんな人生であれ、スパッと切り取られた断面からは「良い」「悪い」の幾何学的なマーブル模様が現れるだろう。

ADHDの人生は株式市場のようにかなり変動的だ。広く知られているようにADHDの最優良株はクリエイティビティだ。けれどそれだけを信じて安心していると、予期せぬ大暴落で大損を被りかねない。才能は発揮してこそ輝くのであり、どこかに漠然と存在しているだけのときはむしろ災難である。才能を生かすには、絶えず努力して適度にケアしなければならないのはADHDの人もそうでない人も同じことだ。

不注意、呆けた状態、衝動性は、ペーパーカンパニーが発行した不良債権のようでも、いざというときには自己救済手段となった。私は問題に集中しないことでその影響力から逃れる手法をよく使う。そんなふうに生きても意外と困らない。頭の中に一番安全な防空壕をこしらえたようなものだから、かっこいいと思う。

ADHDの人はとてつもなく落ち着きがなくて、一瞬一瞬が新しく感じるけれど、その間隔を自分で決めることはできない。何もせずとも変わり者にはなれるのに、普通でいたいときには平凡なフリができずに苦し

む。ADHDは長所がそのまま短所になり、短所が1周回って長所になる、ある意味で循環系疾患だと思う。だけど誰しもが生まれ変わるために死にたいと願う世界で、一瞬で自分を「リセット」できるのは貴重な能力ではないだろうか。

Q. ADHDでも幸せに生きていけるだろうか?

　幸せに対する執着は捨てるとしても、幸せになろうとする努力をやめなければ、なれると思う。幸せとは何かを考えるのではなく、幸せになろうとする努力とは何かを考えるのだ。お金、名誉、成功へとつながる究極の10年計画より「明日一日、そのたった一日を充実した日にする」という目標のほうがいい。ADHDの人の長期計画はたいてい挫折し、度重なる失敗は幸せの大きな妨げになるからだ。小さな成功体験をいくつも積み重ね、その積み重ねが大きな成功を引き寄せるように誘う(いざな)ほうが現実的だ。

　ただし、頑張る気力もないときは、自分を叱咤しすぎず放っておこう。非難めいた助言、優しいフリをした追及、こじつけの情熱などはADHDのわずかばかりの耐性を蝕む(むしば)。こうしたものは基本の問題の仮面をかぶって気分の問題を生じさせるという点で最悪である。無気力の波はすぐに去ると信じて、先延ばされた幸せをしばらく待とう。

　私はADHDの診断後、あまりのショックで、他人に言われたことを次から次へとすべて受け止めようとした。有名コレクターよろしく、自分への発言を集めまくって、時間・分・秒単位で何かを改善しようとした。だけど私の一番の失敗は、ADHDではないすべての人類を健常者に分類したことだ。たんにADHDではないというだけで、誰もがそれぞれにどこかおかしい世界だ。誰が誰に忠告して、誰が誰を救えるというのか?　こういうときは私たちの必殺技「忘れる術」と「無関心にな

る術」を駆使して安全を確保しよう。いったん安全にならないと、幸せ
もやって来ないのだから。

Chapter 3

病院に行く

ＡＤＨＤの治療を
迷っているあなたへ

　ＡＤＨＤの診断は、もともとひっくり返っていた私の人生を
もう一度ひっくり返した。当時は人生の大きな挫折も味わっ
たことのない25歳のペーペーに過ぎなかったのに、錠剤数個
を武器のように握りしめ、人生観と自尊心、自我意識、生活
習慣などに伴うすべての変化をただただ受け入れなければな
らなかった。

　一人寂しく失敗したという思いは、治療の試行錯誤へとつ
ながった。通院しながらも服用指示を無視して治療の効果に
混乱を招いた。あのときはそうしたい気分だったし、自分を
抑えられなかった。当時、荒れに荒れていたせいで、今に至
るまでその後遺症がはなはだしい。

　もしＡＤＨＤの治療を悩んでいる人がこれを読んでいるな
らば、過去の私みたいな失敗はぜひとも繰り返さないでほし
い。ここに記した質問と回答は、当時の私の疑問とそれに対
する現在の私の答えだ。過去の自分に聞かせてあげたい言葉
であり、あのときの私のようにいろいろ迷っている人たちに

<ruby>僭越<rt>せんえつ</rt></ruby>ながら伝えたい言葉でもある。

Q. ＡＤＨＤっぽいけど精神科に行きたくないときはどうしたらいい？

　行かなくてもいい。ADHDの人に無理に何かをさせたところでいい結果は得られない。理性は病院に行けと言うのに、ADHDが発覚を拒むならば、（いったんは）それを尊重してあげよう。病院に行き、あれこれ検査して薬を処方されたとしても、本人の納得と努力と継続の意志がなければ治療効果も微々たるものにすぎない。

　いつかは生きづらさや知りたい気持ちが精神科に対する拒否感に勝るときが来る。それならそのときに確信を持って病院に行くほうがいいだろう。私は騒ぎ立てて隅に追いやられた状態で病院に行ったせいで治療に伴う当然の負荷に耐えられず暴走してしまった。お酒と恋愛と薬物が絡み合った暗黒期のせいで貴重な20代を台無しにした。

　専門家からADHDだという診断を受けたときに、その事実を受け入れる準備ができているのかしっかり考えてほしい。想定できていれば、さほどの衝撃にはならないだろうけど、それでも混乱はするし影響も小さくはない。ADHDだとの診断を受ければ、人生のあらゆる代案がADHD流に変わる。自

分の行動の端緒をADHDにばかり見出し、人生の主導権を奪われてしまったように感じることまである。

Q. ADHDっぽいけど、親に全然理解してもらえず、精神科での治療を許してもらえないときはどうすればいい？

　本人に治療したいという強い意志があって、それを妨げている原因が親だけならば無視して病院に行こう。親はとても大切な存在だけれど、それだけだ。すべての責任を負ってくれそうな気がしてしまうけれど、人生が壊れたとき、最初の責任を負うのも最大の負担に耐えるのも、すべて自分の役目だ。私なら、親が子どもを精神科に行かせたがらない大本の理由は何かというところから探ると思う。その理由が妥当で、親と話ができそうならば説得し、そうでなければ即諦めて別々に生きる道を探すほうがいい。自分の論理で自分自身すら納得させるのが難しいのがADHDの人生なのに、親まで完璧に説得しようというのはとても大変だ。親が応援してくれれば、心情的にも金銭的にもいいだろうけど、困っているADHDの人に真っ先に必要なのは、覚醒を調節する手段であり親の承認ではない。もし親に病院へ行くのを止められたせいで、病状が判明するのが遅くなれば、必然的に親を恨むこ

とになるだろう。そうなる前にいったんは病院に行くべきだと思う。

Q. 検査費用はどのくらい？

2021年5月現在、ADHDに関する心理検査費用は30万〜45万ウォンだ。うつ病を含めた選別検査、脳波検査、ストレス・自律神経系検査などの費用は15万〜20万ウォンで、患者の症状と状況によって行われる検査の種類が異なるため、全体の検査費用は異なる。私はADHD検査、ウェクスラー式知能検査、自律神経系検査、うつ病検査などを行った。

Q. 薬物治療には満足している？　それとも後悔している？

結果的には満足しているけれど、後悔していることもある。

ずるい答え方かもしれないが、薬の効果がよくわかるときには満足し、副作用のせいでつらいときには後悔する。他の人との和を乱さずに仕事することに、とても気を遣うため昼間は薬の効果に満足するけれど、一人で身体を休める夜は、感覚がいっそう敏感になって落ち着かない。それでも治療を決心してからかかった金銭的、時間的、精神的費用に比べれば取るに足りないとはいえ、自分が成長できたことはうれし

い。

　薬を処方してくれるのは医者だけど、その医者を選んだの
は私だ。薬の効果のおかげで私は動くけれど、薬を飲もうと
決めるのはいつでも私の判断にかかっている。薬物治療には
正しい選択が繰り返されている安定感があり、私は肯定的に
捉えている。

Q. 精神病院の診療はどんな感じ？

　一般病院と似たようなものだと思う。ドアを開けて入って
受付して待っていれば名前が呼ばれる。診察室に入って先生
に挨拶し、この２週間どう過ごしたか聞かれて、それに答
える。

「仕事が忙しくなって、えっと、あと……。とりあえず忙し
いんです」

「仕事はどうして忙しくなったんですか？　量が増えたので
すか？」

「えっと、急に辞めた人がいて、その人がやっていた仕事を
代わりに私が──」

　私が仕事をきちんとこなしているのか、しっかり睡眠を取
っているのか、飲酒はほどほどにしているのか、衝動に駆ら
れて何かしでかさなかったかなど、聞かれることはまちまち

である。それから当たり前すぎてどうにも耳に残らない助言
をされる。

「私たちの身体はリズムが重要です。そのリズムを崩さない
ようにしてください。規則的に食べて寝て、適度な運動をし
て身体の活力を──」

　そうなると私は嘔吐くカササギのようにうなずきながら、
若干の反省、約束、とりあえずの承知を示す。経過の具合に
よって薬が調節され、処方されたら受け取って家に帰る。

Q. 診療での困り事や難点はないか？

　ないはずがあろうか？　お金もたくさんかかるし面倒くさ
い。私の場合は、隔週の土曜日に病院に通っているのだけど、
毎回土曜の午前中を空けておかなければならないのが煩わし
くて仕方ない。以前、病院に通うのを勝手にやめてこってり
絞られたことがあるので、今はちゃんと通っているけれど、
行きたくないことに変わりはない。それにADHDは完治する
ものではないため、治療に終わりがないとも思う。私にでき
ることは定期的に治療を受けることだけだ。

ＡＤＨＤの薬物治療と
効果と副作用

　私は2016年4月から現在に至るまでＡＤＨＤの薬物治療を受けている。処方されている薬はコンサータとストラテラだ。この2種類を別々に飲むときもあれば一緒に飲むときもある。治療の初めはうつ病の薬や精神安定剤も一緒に飲んでいた。今はコンサータ錠72mgを朝と昼に分けて飲んでいる。コンサータは中枢神経刺激薬で、ストラテラは中枢神経非刺激薬だ。これらの薬はＡＤＨＤの人の脳機能を数時間から24時間高める役割をする。

Ｑ．ＡＤＨＤの薬はどうやって処方される？

　ＡＤＨＤと診断されていなければＡＤＨＤの薬は処方してもらえない。病院で専門医に診断を受ければ処方が可能だ。ＡＤＨＤの薬には覚醒作用があり向精神薬でもあるため誤用や濫用の事例が多く、他の薬に比べて処方基準が厳しい。私の通う病院の場合、製剤も薬局を介さず、病院内で行っている。一度に長期間の処方は行わない。私も隔週、神経精神科

で経過を報告して再処方してもらっている。

Q. ＡＤＨＤの薬の値段は？

　コンサータと胃腸薬のみを服用している今は１カ月９万ウォンくらい。以前は抗うつ薬と精神安定剤も一緒に処方されていて、そのときは12万ウォンから16万ウォンくらいかかっていた。2016年９月以降は、大人のＡＤＨＤにも健康保険が適用され、費用は格段に下がった。それでも決して安くはない。薬代や処方箋の費用は個人の保険加入状況や病院の政策によっても異なる。

Q. ＡＤＨＤの薬の効果はある？

　結論から言えば、私には効果があった。でも効果がなかったという人も結構いるようだ。有効な用量も人によって違い、用量が少ないからと言って効果が少ないわけでもなければ、逆に多いからと言って効果が大きいわけでもない。私もまた低用量から始まり高用量に変わったのだけれど、用量に比例して効果が大きくなったわけでもない。

　むしろうつ病や不安障害など、ＡＤＨＤに付随する病気への影響が大きかった。うつ症状がひどいときはＡＤＨＤの薬もほとんど効かなかった。毎日お酒を飲んでいるときは特に

効果を感じられなかった。最大限の効果を望むならば、先生の言う服用指示を守らなければならない。

Q. ADHDの薬にはどんな効果がある?

いきなり超天才になる効果は決してない。自分をまったくの別人にしてくれることもない。ただ切実に困っている部分を助けてくれる薬だと思う。薬物治療での代表的な効果としては、問題解決能力や注意力、集中力の向上、過剰行動や衝動性の抑制などがある。これらの効果は、私個人を例に挙げれば具体的には以下のような感じである。

1　時間感覚がつかめるようになる

私の場合、一番大きな違いは時間感覚がつかめるようになったことだった。もともと時計をあまり見ず、時間の概念がないような人間だった。薬を服用する前は3時間が30分のように過ぎ、30分が5時間にも感じられたりして、一日の時間がめちゃくちゃだった。そうしたことは些細でありながらも重要な日常の課題をすべて見落としてしまう結果につながる。薬を飲めば「もう30分くらい経っただろう」「今は夜だな」といった感覚がはっきりしてくる。

2　意欲が湧く

　何かをしようという気持ちが湧いてくる。するかどうか悩みながらベッドの上でゴロゴロしている時間が減る。特に、やりたくないことに対する実行力が増す。面倒くさいこと、責任感、義務感に対する不快指数が下がり、与えられた作業をこなせるようになる。「これって絶対やらなきゃダメ?」と「とりあえずやってしまおう」との間の曲がりくねった迷路が整備されて、直線の高速道路に変わった感じである。

3　非現実感がなくなる

　いつも頭の中に靄がかかって不透明な感じだったのが、薬を飲んだあとはその靄が薄らいだ。そして現実感と活気が生じた。特に、自分が二人いるような感覚——空想の中で暮らす私と現実の中で暮らす私がいるような異物感がぐっと減った。

4　几帳面さが増す

　ケガすることがやや減り、物を（比較的）ちゃんと準備するようになる。大事なことはメモしようという気持ちが生じる。いったん書いておけば、それをどこに書いたのかも一度に思い出す。大ざっぱになりがちな部分は、メモやスケジュ

ール管理アプリに頼っている。

5　効率的な優先順位をつけられる

「やりたいこと（欲求）」と「やらなければならないこと（義務）」があるとき、義務的な作業を優先することができる。今までは自分自身の欲求と折り合いをつけられなかった。やりたくないことから逃げてばかりいたのに、薬を飲むと「やりたくなさすぎてヤバい自分」をコントロールする力が生まれる。

6　感情をコントロールできる

「些細なことで腹を立てる」と言われることが減った。湧きあがる感情を吐き出す前に考える余裕ができたからだ。物事の因果や裏面を見ることができるようになり、一段と落ち着いた、真面目な反応を返せるようになる。

7　言葉づかいを意識する

　ひと言で言えば、話す前に考えられるようになる。そのため、言ったことに驚かれたり、「ちゃんと考えて言ってるの？」と聞かれることも減る。ふざけた発言を控え、長い会話や業務指示の理解がスムーズになる。

Q. ADHDの薬に副作用はない？

たくさんある。私の経験した以下の副作用はADHDの薬ではよくあるものだ。

1 睡眠障害

寝つけない。もしくは良質な睡眠を取れない。薬が効いている間は、脳がずっと覚醒状態になるからだ。疲れていたり昼間の活動量が多かったりして早く寝たほうがいい日も、翌日は朝から予定が入っていて早く寝なければならない日も、寝つけない。私の平均就寝時刻は午前3時から4時くらいで、朝が来るたび疲れがひどくて、それこそ死にそうだ。そこからさらに疲れたら、疲れすぎて死にたいと思うこともある。

ときどき、旅行やキャンプ、ワークショップなどで他の人と眠ることがある。そういうときも、決まった就寝時間になっても眠れない。当然ながら持ち越された疲労は翌日のスケジュールに影響を及ぼしてしまう。

2 憂うつ、気分の落ち込み

薬を飲んでいないときの私はとてもテンションが高い。いつも気分がよく、いたずら心や冗談がやたらとあふれ出る。

けれど薬を飲むと、しゅんとしぼんでしまう。本当なら楽しくてしかたないことにも特に興味が引かれない。薬の効果の6番にもつながることなのだけれど、余計なことを考えなくなるため、空想の中の楽しさや面白さも一緒に消えてしまうようだ。もしくは、もともとこのくらいのうつ症状があったのに気が散りすぎて、それを知らずに生きていただけなのかもしれない。薬の効果で集中力が高まり、初めてうつの深さを正確に認知するようになったのではないかと推測する。元来、私の思考は秒単位で話題を変え、あちこちに飛ぶのだけれど、薬を飲むと一つの話題だけを「掘り下げる」ことができるようになる。とはいえ、一つのことだけを考えているとマイナス思考に陥りがちになるので、そのせいで気分が落ち込むこともある。

3　食欲不振と過剰な食欲

　たいていのADHD関連書籍には食欲不振のことしか説明されていないのだけど、私の考えでは、そのあとに来る過剰な食欲のほうが深刻な気がする。コンサータやストラテラを飲むと、突然食べ物が消しゴムのかすのように感じる。食べようという意志すら生じない。長年薬を服用していると、こうした副作用はだいぶ減ったけれど、決してなくなったわけ

ではない。恐ろしいのは、薬の効き目が切れた瞬間、空腹と異常なまでの食欲に襲われて暴食してしまうことだ。個人的に薬が高用量であるほど食欲の差も激しくなる気がする。絶食の時間も暴食の時間もつらいけれど、その繰り返しが本当にしんどい。

4　唇の乾燥と頻脈

言葉どおり、唇が乾いて動悸が激しくなる。そのため、今も一日中タンブラーを携帯している。水やコーヒーなしで会議に参加すると、ひどく不安になって、そわそわする。動悸が激しくなることについては、個人的には不都合はない。あまり感じないし、もともとやや徐脈だったみたいなので。

5　不安感

これについては曖昧だ。私はADHDの薬以外にも抗うつ剤と精神安定剤を処方されていたから、薬を服用して感じた不安感がADHDの薬のせいなのかその他の薬のせいなのか、正確に判別できない。もしかすると薬の影響ではなくADHDの診断に対するショックで不安だったという可能性もある。けれど治療初期にはひどく不安を感じたし、今もたまに抑えられない不安感に襲われることがあるので、一応書いておく。

不安は人間であれば誰しも感じることなので、その有無を正確に判断することはできない。それでも急に私がこんなにも現実逃避ばかりする人間になったのが不安のせいならば、他のすべての副作用を合わせても、最悪と言える。

6　軽微または深刻な神経症

ADHD を治療する前、私は鈍いとよく言われた。周りを認知する能力が劣っていて変化に気づけなかったからだ。敏感だと言われるよりも、変な性格だ、予想がつかない、変わっている、頑固だと言われるほうが多かった。でも薬を飲み始めてからは、神経衰弱みたいな神経過敏が生じてしまった。特に騒音にはまったく耐えられなくなった。嫌いな音が聞こえると、たちまち不快になり、その音が長く続けば頭がおかしくなりそうだった。私が特にストレスに感じる音は、クラクションの音、バイクの音、時計の秒針の音、がやがやとした会話、機械のモーター音、大きすぎる音楽、ラジオの音、携帯電話の振動音、キーボードを叩く音、赤ちゃんの泣き声などだ。自分が出す音以外のすべての音にストレスを感じる。今では過敏だと言われる。

精神科へ行くのは怖い？

　私がADHDだと打ち明けると、たいてい相手は、実は自分も「それ」かもしれないと不安を口にする。物忘れが多く、やる気が起きず、仕事（勉強）ができない。集中力もなくてつらいと。すごく簡単なことですらきちんとできない自分に恐怖を感じていた。自分には価値がなく、役にも立たない、いるだけで迷惑なのだという感覚は、私にもよくわかる。そうした瞬間が続けば、何に対しても心が動かなくなり、潜在能力を発揮することなどできず、自分の気持ちに責任を持てなくなってしまう。けれど、疑いもあった。ADHDは比較的珍しくはないけれど、私の知り合い全員がそうであるほど多くもない。そんなにたくさん周りにADHDの人がいるとしたら、私は精神科医かADHDコレクターということになる。

　でもどちらも違う。それと私の周りの人がどうかADHDではありませんようにとの思いでもう少し説明するならば、ADHDの症状は線引きできない。誰にでもこうした特性はあ

るもので、それが日常生活に支障を来すほど顕著に現れているときにだけADHDだと診断される。考えてみれば当然のことだ。誰だって、やらなければならないことよりも自分のやりたいことに心惹かれるし、忙しければあたふたするし、ときにはバカみたいなミスもするのだから。

　誰もが持っている特性だから、ADHDの診断基準は思ったよりも厳格だ。多動、注意欠如といった症状が最低でも6カ月以上続いていて、12歳以前から現れており、社会活動や学校、職場など少なくともふたつ以上の状況で支障を来している場合に診断が下される。そのうえ大人の場合、多動はあまり目立たず、注意欠如や衝動性も児童・青年期とは違った行動として現れることが多いため、いっそう細かな観察が必要となる。つまり、専門的な検査なしに正確な診断は下せないのだ。

　友だちがADHDなのかどうか、はたまたうつ病なのかどうかを私が判断することはできない。だから自分がADHDかもしれないと疑っている友人には、気分の落ち込みや無気力感を治療するために精神科を受診するよう勧めることにした。

　実のところADHDにはうつ病と似た部分があり、ADHDだとどうしてもうつになることが多くなる。この二つは、互

いが互いを内包していたり、互いに伴っていたりしてお似合いなため、苦しんでいる人をさらに混乱させる。特に日常生活で茫然自失になるくらい何もかもうまくいかない感覚、何もできないという感覚がそうだ。だけどそのときの悲しみの因果関係が少し違う。ADHDは何もかもうまくいかない現実を悲しみ、うつ病は悲しくて何もできないと感じる。

正直、ADHDを抱えながらうつになるなと言うのは無理がある。いつもバカにされて、夜もよく眠れない。小さな音にも過敏に反応するし、お金も貯まらない。歩けば転ぶし、物はなくす。断食したかと思えば、ドカ食いする。日常生活でうまくいかないことを挙げればキリがない。ADHDであることは、事あるごとに幸せを試されているということだ。力の入らない頭に無理やり力を入れなければならないということでもある。一方でうつ病は、幸せにすでに見捨てられた感覚だ。幸せはすでに息絶え、その人の周りでみすぼらしい葬儀を執り行っている。

ADHDの人はときにものすごく幸せに見える。何の考えもなく気楽に生きているように見えることもある。私はうつ病に悩まされていたときも、躁うつっぽいとよく言われた。騒がしく生きているせいか、それがおおかた喜んでいる感じに見えるのだろうか? うつ症状がひどかったときには、ベッ

ドに伏せって泣いてばかりいた。ADHDだけだったときには
ベッドに寝っ転がって遊んでばかりいた。ADHDでうつ病も
併発していたときにはベッドでお酒を飲みながら泣いていた
ような気がする。どれが一番みっともないかはよくわからな
い。

　ADHDもうつ病も脳の機能に関する疾患で、認知力や記憶
力が同じように低下するため、そうした点がとりわけ、うつ
病とADHDを混同する原因なのだと思う。でもどちらにも共
通するいい点もある。どちらも薬を服用すれば目に見えて症
状が改善するのだ。だから私は精神科の受診を勧めるのであ
る。

　「正直言って、病院で診てもらわないと誰にもわからない
よ。ネットでできる簡易テストだって当てにならないし。私
なんか病院に行ったら、先生に褒められたよ。勇気があって
しっかりしてるって。自分から精神科に行こうと思う人はあ
まりいないからね。ADHDかもしれないし、ADHDを疑うく
らいうつ症状が出ているだけかもしれないけど、一度病院に
行ったほうがいいと思う」

　実のところ、医者には「しっかりしてる」としか言われて
ないのだけど、あえて「勇気がある」を付け加えた。まるで
病院の回し者のように精神科の受診を勧めたけれど、「わか

った、行ってみる」と答えた全員が全員、実際に予約を取ったわけではない。思ったより多くの人が今も精神科を恐れ、避けている。自分の本質が気になりながらも、病院だけは絶対に行かないという人が私の周りにもたくさんいた。

　意外だったのは、そうなってしまう背景には親たちの少なからぬ干渉があったことだ。いろんな親がいろんな理由をつけて、子どもを精神科に行かせないようにしていた。

「どこも悪くないんだから、そんなとこ行く必要ないでしょう？」

「お前は甘ったれてるだけだ。本当の苦労を知らないからそんなふうに考えるんだよ」

「そんなのは薬を売りたいやつらの手口だよ。下手に噂されたらどうするんだ」

「母さんのお友だちの息子の〇〇くん、知ってるでしょう？　あの子も精神科に通ってるんですって。心に傷を負ってるなら、まあ、通うのもわかるけど。でもあなたはそうじゃないでしょ。幸せに暮らしてるじゃない」

　洗脳に近い考えは、子どもたちが20代半ばをとうに過ぎていても揺るがない。経済的に自立していても、こと精神科に関する問題だけは、家族の視線から逃れられない。それでも幸せのためには皆、考え方を改める必要がある。ずっとまと

もであることを強いられてきた人間は、自分の知る「まともさ」から外れたとたんに極度の不安を感じる。皮肉なことに、まともであろうともがけばもがくほど、まともさからは遠のいていく。精神科を拒めば、のちのちもっとその必要性が増すのもこのせいだ。

　私の知り合いの一人も自分がうつになるとは夢にも思わず、症状を悪化させた。自分が不注意なはずはないと、不注意を直せない人もいた。長いこと我慢に我慢を重ね、とうとう耐えられなくなった人の症状が軽いはずもなかった。今、治療を受けている私の唯一の後悔も「もっと早くに病院に行けばよかった」だ。精神科に行くのは病的な症状のある人だという誤解が、私の中にも知らぬ間に深く根づいていた。けれど、やはり病院というのは患者になるために行くのではなく、患者にならないために行くところだと思う。いつかよくなる未来のために、今は患者であることを受け入れるつもりで行くところなのだ。
　初めて精神科を受診するのはきっと簡単なことではないだろう。でも、もっと早く行けばよかったと後悔している身としては、悩んでいるのなら一日でも早く自分の気持ちに耳を傾けて勇気を出してほしいと思う。

Column 3

精神科での小さなエピソード

　精神科は案外、平凡な場所だ。いろんな年代の人がたくさんいて、近所の病院の内科とさほど変わりない。医者や看護師たちは忙しそうで、患者たちは暇そうだ。みんなスマホを眺めていて、見られているという感じもしない。私もまた、待っている人がどのくらいいるか確かめるとき以外は周りを見ることもない。それでも6年目にもなると、いくつか思うことや記憶に残ることがあったりする。

1

　一番不愉快だったのは、担当医の先生とは違う先生に診てもらったときのことだ。その先生とはそのときが初対面で、担当医の先生が休みを取っていなければ出会うこともなかっただろう。それなのに、その先生は私を知っていた。何を話していたかは思い出せないけれど、このひと言だけははっきり覚えている。

「神経質だと噂になってますよ」

　私は頬を叩かれたような気がした。口には出さなかったけれど、いろんなことが頭をよぎった。

　じゃあ聞きますけど、私が無頓着で鈍かったら、そもそもここにいると思います？　それにそういうことを言うならせめて「繊細」とか「デリケート」とかいう言葉を使ってもらえませんか？　先生のその無神経さが私の神経をよりいっそう過敏にしてるんですけど、これって医学に精通した知識人がすることとして最善の行いなんですか？

　心の中でしか文句の言えない自分が情けなくて、反対の頬まで打たれ

135

た気分だった。今でも誰がそんな噂を広めたのかわからない。きっと犯人は状況を把握できないバカに違いない。担当の先生が戻ったら言いつけてやろうかと思ったけれど、話すのを忘れた。こんなふうに鈍くさいところのある私に神経質だと言うなんて本当に不愉快だった。

2

　5年前に初めて会った担当医の先生は、松葉杖をついて足を引きずって歩いていた。ADHDの診断を受け、ショックで世界が崩壊した状態だった私は痛みに呑み込まれ、他人の痛みばかりが目に映った。待合室と診察室を苦労して行き来する先生を見ながら、私はおぼろげに考えた。「やっぱり誰にでもその人だけの悲しみがあるんだ。先生にとってはあの脚が、私の前頭葉みたいなものなんだろうな。力強く松葉杖をついて歩く先生を見習って、私も頑張ろう」

　でも先生の脚はすぐに治った。気づけば松葉杖はなくなっていて、先生は誰よりも美しく歩いていた。おぼろげだったのと同じくらい恥ずかしくなって、その日の学びを訂正した。

　他人のことに関しては、すぐに判断しないようにしよう。痛みについては特に。

3

　いつだったか、四人家族が一緒に待合室で待っているのを見た。夫婦と子ども二人だった。子どもたちは二人とも全然じっとしていられなかったので、この子たちがADHDなのかなと思っていた。ところが患者は母親だった。下の子が足を踏みならしながら聞いた。

「ママ、まだぁ？」

「あともう少しだけ待ってね」

「ママはどこが悪いの？」

「心が悪いのよ」

「なんで？」

「うーん、毎日毎日おうちで一人であなたたちのお世話をするのが大変で悪くなっちゃったの」

　それを聞いた瞬間、私も胸がツキンと痛んだ。倒れそうなくらいやせ細った女性が、暴れ回る兄弟の運動量になんとか耐えている姿が目に浮かぶようだった。耐えられないほどのつらさこそ、まさに痛みというのだろうと思い、その女性の幸せを祈った。たぶんうつ病だったであろう彼女がもう病院に来なくてもいいように、今でもときどき祈っている。

4

　担当医の先生は、私がとても疲れているとよく勘違いする。いつもは「いえ、疲れてません」と否定するけれど、毎回心配されるので本当のことを言った。

「あの、私は疲れているんじゃなくって、疲れて見えるだけなんです」

「そう……なのですか？」

「はい。隈がひどくて」

　私たちはぎこちなく笑い合った。先生とは別に親しくないけれど、好きではあるので何かにつけて笑いを起こそうとしている。大して効果はないけれど。というのも、私に起こることはいつも微笑ましいを通り越して深刻な状況を招いてしまうからだ。先生にとって私はあまり医者としての達成感を得られない患者のように思う。本当に申し訳ないけれど、本当にどうしようもない。ベストな言葉として、どうしようもないと言うほかないときもあると思う。

5

　あるとき、待合室で私の視線を釘付けにした女性がいた。座っている私の前をその女性がさっと通り過ぎたのだけれど、持っていた鞄がとってもかわいかったのだ！　それから待ち時間をすべてその鞄の検索に費やしてモデル名を割り出すと、なんと、お値段380万ウォン。だから、鞄を手に入れたい気持ちも、鞄を眺めて楽しみたい気持ちもすべて捨てた。どうせ私の不注意でぼろぼろになるのに380万ウォンも出す気にはなれなかった。それから2年が経った今も、鞄を買えるだけの380万ウォンも貯められずにいて悲しい。いつかはこの精神科で一番かわいい鞄を持つ人間になりたい。

6

　私が治療に対して一番非協力的で無責任だった頃、私の態度に耐えに耐えていた担当医の先生がとうとう怒りを爆発させたことがある。こんな勝手なまねばかりして、なぜ治療を受けているのかわからない、治療費もばかにならないのに、お金がもったいないと。そうして先生にがつんと怒られて、ようやく私は心を入れ替えた。今思えば、先生は本当に怒りを爆発させたというより、いくら窘（たしな）めても諌（いさ）めても効果がないから最後の手段として心を鬼にしたのだろう。

　夢も希望も誠実さもなかった私にとって、先生の人間的な面は、意外な刺激になった。先生との関係もがらりと変わった。それまでは、正論しか言わない先生をAIみたいだと思っていたけれど、私たちは同じ人間なんだと改めて気づいたのだ。これが精神科医と患者の信頼関係（ラポール）というやつなのだろうか……？

7

精神科では「死にたいけどトッポギは食べたい」といった会話がなされるように思うかもしれないけれど、私の場合は全然違う。私は診察室のような退屈な空間で奥深い会話をするつもりもなければ能力もまったくない。診察室での私は、いつも焦ったように固まっている。ADHDの症状が実際よりもひどく見えてしまうのはわかっていても、先生の言葉が終わらないうちに「ハイハイ、ハイそうですハイ」と答えてしまう。病院は嫌いじゃないし、慣れてもいるけれど、足を踏み入れたとたんに逃げ出したくなるのだから、おかしな話だ。

その理由には二つのことが思い当たっている。

一つは、精神科を必死に好きになろうとしているだけで、全然好きじゃないから。

そしてもう一つは、行くときにはいつもお腹が空いているから。

たぶん一つ目の理由がだいぶ混じった、二つ目のせいだろう。

8

「精神科の先生は私の味方なのか？」と考えたことがある。すると「なんで味方でなきゃいけないの？」という新たな疑問が湧いた。聞いてみたことはないけれど、先生はたぶん自分自身の味方なのではないだろうか？　互いにどこまでも自分の味方であるというのが私たちの唯一の共通点かもしれない。先生にはあくまでもビジネスライクでいてほしい。そうすれば、診察室から出たら私に対してそれ以上の価値判断はしないだろうし、私の秘密に興味がなかったとしても守ってはくれるだろうから。精神科ではどうしたって個性がないほうが、気が楽なのだ。

9

　精神科の先生たちは、私の母や父よりも彼氏に会うことのほうが多かった。先生たちは覚えてはいないだろうけど、私は一人で恥ずかしかった記憶がある。特に彼氏が変わったときは、思わず鼻をぽりぽりかいてしまった。

　治療初期の頃、「彼氏ができました」と「彼氏と別れました」をあまりにも繰り返すものだから、先生にこう言われた。

「今後は 6 カ月以上付き合った人だけを彼氏と呼ぶことにしましょう」

　だから先生に紹介した彼氏はそれほど多いわけではない。

10

　ときに不愉快で、毎回面倒くさいのに精神科に通う理由は、私に素人の浅知恵を働かせないためだ。主治医がいなければ、私は精神医学の書籍に頼って不安を埋めようとする。でもそんな退屈な本を読み通すことなどできないので、自分と似た事例だけをかいつまんで読む。精神医学の本ばかり読んでいると、まるであらゆる精神病を患っているかのように感じてしまう。誰にでもある程度はそうした特性があるのに、本ではそれらをすべて疾患と定義してしまうからだ。「整理整頓のやり方に自分だけの強いこだわりがあること」が「強迫性障害」としてとらえられるみたいに。本の中の私の姿に共感しながら慰めを得ることもできるけれど、私の場合は慰めにとどまらず危機感を抱いてしまうので、それならばいっそのこと本当の医者に診てもらおうと思うのである。

11

　私の通う病院が拡張・移転したあと、病院内でその記念グッズが配られた。ここぞとばかりにもらうと、手のひらサイズに折りたたまれたエ

コバッグだった。黒で使いやすそうだと思ったのに、開いてみると「○○精神科」の文字が……。常連として精神科には好意的なほうではあるけれど、これを持って買い物するのはなんだか違う次元での自己主張をしている気がする。「スーパーでは誰も私なんか見ないから。消費期限でもあるまいし」「でもこれ見たら、びびっちゃうんじゃない？　消費期限の切れた牛乳を手に取ったときみたいに……」と二つの声が聞こえた。結局、そのエコバッグは使っていない。手先が不器用で一度開いたものをふたたびきれいに折りたたむことなどできないし、スーパーに行くのにエコバッグを持っていくのをいつも忘れるから。

Chapter 4

私 が 出 会 っ た 世 界

—— 家族、恋愛、ネコ、友人

お金持ちの家だったら
よかったのに

「あんたがお金持ちの家の娘に生まれてたらよかったのに」

　こんな言葉を耳にすると、自分の家の貧しさを痛感させられる。私にこんなことを言うのは母だ。母親というのは本当に不思議だと思う。他の人が言ったら正気を疑うようなことも、母親が言うと切なくなる。

「私は今がいいと思うけど」

「お金持ちの母親から生まれてたら、やりたいことも得意なことも全部できるし……」

　母は、私にはたくさんの才能があるのにお金がないせいで将来の道が閉ざされていると思っている。でも私の考えは違う。才能はたくさんあるけれど、私はそれを引き出せる人間ではない。多才な人間というのは、扇のようにぴったりと閉じていても、ここぞというときにはそれをバッと広げられなければいけない。けれども私は自分のことばかり掘り下げていたら、自分自身に我慢する大人になった。それだけでも十分痛烈でいっぱいいっぱいだったため、才能の発掘は後回し

になった。この状況に誰が損して誰が得するのかはわからない。大人の私には、どうやら空世辞<ruby>空<rt>から</rt></ruby><ruby>世<rt>せ</rt></ruby><ruby>辞<rt>じ</rt></ruby>なんてものはなかった。

多才なADHDの子どもの才能を引き出すのは、一筋縄ではいかない。お金とは関係のない窮屈さと障害との狭間に私はいた。誰かに窮屈な人間だと思われたとしても、それは間違っていないし、脳科学的に障害があると思われたとしても、それもまた間違ってはいなかった。

だから私の人生における一番の悪材料は貧しさではなかった。私が私であるということ、どんな医術でもどんな魔術でも私ではない存在にはなれないということだった。両親が愛してくれた私を私自身はまったく愛せず、私は絶望した。いつも怒ったり神経質になったりしていたけれど、貧しさを匂わせていたのか自己愛に酔っているように見せたかったのかはわからない。もし後者なら、めちゃくちゃだったとしてもそれは親孝行だった。何はともあれ、両親は愛する娘が実は自分自身を一番嫌悪していることは知らなかったはずだ。ときに私が誰かに理由もなく嫌われることもあるのだということを両親は信じなかった。視野を狭めて、私をいいようにしかとらえないことで愛してくれた。

私もまた自分のことが大好きな反面、大嫌いでもあった。殺してやりたいと思いながらも、毎日毎日助けてやりたかっ

た。誰も、両親も、どんな慰みも、貧しさですら、私と私の間に割り込むことはできなかった。貧しさというのは頭で認識するものではなく、身体に染み込んでくるものらしい。幼い頃はだいぶ貧しかっただろうかと思い返してみれば、貧しいどころではなく窮地に追いやられていたと訂正せざるをえない。いつもぼうっとしていて、トラブルに巻き込まれては、なんとかしようとして大きな失敗をしでかし、一日を過ごしていた私には、お金よりも脳細胞が切実に必要だった。お金持ちはわずかな時間もお金に換えるのに手慣れた種族のように思えた。私には毎日小銭のような余裕すら残っていなかった。お金に換えられるくらい時間をうまく使える才能が結局のところ私にはなかったのだ。

　ともすれば私は貧しさを利用したのかもしれない。無能な人間でもずる賢くはなれるから、私は貧しさに無能を委ねることもできたと思う。夢に向かって行動しなければならない時間に、ベッドに埋もれていたこと、人間や愛に対して持つようになった偏見を疑わなかったこと、興味のある分野をまったく学ばなかったこと……などなど、貧しさはそれらに対するいい言い訳だった。お金がなくて困ったこともあったけれど、お金を困ったことの犯人に仕立て上げたことのほうがずっと多かった。それならば私の人生の犯人はやはり私だ。

避けたいと思うあらゆる状況で「お金がない」という言葉は、必要以上に強力だ。でも世の中には、私よりも貧しいスタートを切りながらも私とは比べものにならないほど多くのことを成し遂げた人たちの逸話のほうがたくさんあった。

いっとき、意欲でさえ一種の財で、私にはそんなの一つも与えられなかったと恨んだりもした。でも恨みというのは、私の中にあるつまらない才能までをも根こそぎ消滅させてやるという決心だから、恨んでばかりいたら本当に貧しい人間になりかねないと思ってやめた。お金も、持ち家もない私にはむしろ守るものがはっきりしていた。

私は今、両親からしつこいほど聞かされた言葉を返したい。
「娘がお金持ちだったらよかったのに」
「母さんは今も幸せだよ」
「娘がお金持ちだったら、働かなくていいし、広い家に暮らして高級車を乗り回して……」

とはいえ私の子ども時代は過ぎ去った。貧しさがどんな色をしているのかわからないけれど、幼い頃のその色とは違うだろう。幼い日々の色は、母の記憶するそれよりも多彩だった。もっとあとになってから振り返れば、そのときこそは、貧しさが付けていった0点の数々が見えるかもしれない。け

れど両親はまだ高齢ではないから、過去よりは未来に囚われようと思う。貧しさや、貧しい両親を恥だと思ったことはないけれど、私は今、おのずともっとお金を欲しいと思うようになった。お金が私の人生の憂いを取り除いてくれることを願った母の思いのように、私もお金で両親の顔のしわを取り除いてあげたい。母の願いとは立場が逆のことを考えているのに、どうしてまたしても貧しさが身にしみるのかわからない。それでも私の口の中で転がる「貧しさ」は母の声として聞こえる「貧しさ」よりも悲しくなく、退屈な金曜日の夕方にシナモンキャンディを味わうみたく、吟味する価値はある。

三人姉妹の二女でよかった

　誕生日の週になると姉にわがままを言いたくなる。せっかちな姉が私と同じ日に生まれたからだ。正確に言うと姉が生まれてちょうど4年後に私が生まれたのだけど、私の立場としてはそうだった。生まれて初めての手柄が永遠の二女にとどまることだなんて。どうしてもっと急ぐかゆっくりするかできなかったのだろう……?　とにかく私は5月28日の一日を、家族の中で一番に優先される権利を奪われたのだ。30年あがいてみても、この結果に大どんでん返しを喰らわすことはできなかった。

「お姉ちゃんのせいで全部台無しになったんだから、早く責任取ってよね」

「あんたが私の誕生日を台無しにしたんでしょ?　お母さんがあんたを産むために病院にいたせいで、私は4歳の誕生日に一人でわかめスープを飲まなきゃならなかったんだからね*1。

＊1　韓国では産後にわかめスープを飲んで母体をケアする習慣があり、そのため自分の誕生日には、生んでくれた母親への感謝の意を込めてわかめスープを飲む。

しかもそのあとはずっと分け合わなきゃいけなかった。あんたのせいで！」

　同じ日に生まれたから立場も同じなのか、私たちはこの歳になってもどちらがより図々しいかでけんかした（もちろん半分冗談だ）。その最中には『恋のスケッチ〜応答せよ1988〜』を観て大泣きしたりもした。ドラマを観ながら泣くようなタイプじゃないのに、意地悪な姉とケーキを分け合う主人公のドクソンがまるで自分のように思えた。ドクソンでさえ姉との誕生日は数日違うのに、私は完全に同じ日だから余計に感情移入してしまったのだ。

　私の同級生のほとんどは、ハンバーガーショップでの誕生日パーティーの思い出がある。私の地元ではそれが当時の小学生たちのイケてる誕生日の過ごし方だった。近所のロッテリアやマクドナルドでプルコギバーガーセットを食べ、年齢と同じ数のろうそくを吹き消し、プレゼントを贈れば終わりだ。経済的に余裕のある家の母親たちは広いリビングで驚くほどたくさんの料理を並べて招待客にふるまった。そんなものを見たことのない私は、どうしたら海苔巻きとから揚げとピザと豚足とトッポギとケーキが食卓に一度に並ぶのかを考えては一日分の好奇心を使い果たしたものだ。

お姫さまみたいな友だちがひときわ輝くパーティー。招かれた私もどれほど心が浮き立ったかわからない。私だって自分の誕生日の一日くらいはお姫さまになりたかった。でも両親は忙しく、時間ができたときにはまず姉を祝った。10歳の年頃の長女には、これから背負わなければならない義務と同じくらいの権利が先に与えられるのが当然だった。私に与えられるものは大してなかった。服も本もアクセサリーもケーキも、私一人のものであったことはないし、新品を買ってもらったこともない。成長するにつれてそうしたものすら激減した。妹が生まれたのだ。しばらくの間末っ子だった私は、妹の誕生でますます喜べない立場に立たされた。末っ子と真ん中を経験してみた身からすれば、二女で末っ子であるほうが、上と下に挟まれた二女よりもよかった。

幼い頃を思い浮かべれば、姉には恨めしさを感じ、妹にはうらやましさを感じた。姉はいつも新品を買い、それが古すぎて使えなくなったからと妹も新品を買った。でも私のはどれもどこかちょっとみすぼらしかった。とはいえ、気づけばはな垂れ小娘二人の隊長になっていた姉も、とんでもない暴君の雑兵になった妹も、それぞれ恨めしかったりうらやましかったりすることがあったに違いない。それでも私は長女や末っ子として力を持っていた彼女たちが、前から数えても後

ろから数えても「二番目」の私より恨めしいはずがあるわけ
ないと自信を持っていた。そうでなければ「二番目だとした
ら恨めしい（둘째가라면 서럽다）」などという慣用句はでき
ていない。

　両親が姉や妹よりも私を優先することがあるたびに、なぜ
か一線を越えているという罪悪感を覚えた。もちろん私は両
親のことが一番に好きだけれど、彼らの一番になろうとがっ
つくのはいけないことのような気がした。この初めての片思
いを自分で断ち切ったせいか、人生では二度と二度目の片思
いには陥らなかった。ただ、いつからかあらゆる愛を蔑むよ
うになり、すべての線を低いハードルよろしく越えまくっ
た。少しずつ長いこと我慢している子どもは、のちのちまっ
たく我慢のきかない子どもになるのかもしれない。姉や妹と
違って、私だけただ一人めちゃくちゃな10代だったことがそ
の証しだ。

　それでも私は、姉も妹も大好きだった。一時期は、気難し
くて欲深でよく泣く姉と妹を軽蔑したこともあった。姉は大
人になった今でも気難しくて欲深でよく泣くけれど、それ以
上に立派で本当にステキだ。私にとって姉は、どれほどみっ
ともない姿をさらしても、特別さの失われない存在だった。
かたや妹は、息をしているだけで素晴らしい、唯一の存在だ

った。妹は愛らしい。とても小さくてかわいらしい犬でさえ、この大きくて無愛想な妹にはかなわない。賢い姉と独特な私を二乗したとしても、私たちは妹ほど無邪気に輝くことはできない。

　三姉妹は永遠に互いにはなれないけれど、けんかをしても他人になることはなく、狭い家で身を寄せ合った。自分たちの部屋がなかったため、いつも一緒におしゃべりして、ふざけて、服を共有した。毎日毎日お腹が痛くなるほど笑って泣いた。何も話さない日でも、特定の話題については絶えずささやき合っていたように思う。

　時が経ち、三人とも別々に暮らしている今、あまり事細かな近況報告はしていない。こっちは変わりなく過ごしているから、あっちも変わりなく過ごしているだろうとあえて安心して距離を置いている。そうしていると、互いにちょっとした事件でもあろうものならば、すべての安心をサッカーボールのように蹴り飛ばして、ワンチームとして集まる。私たち三姉妹は、共に知恵を出し合って世の中から押しつけられた課題を解決すべく、ちょっと足りないまま同じ世に生まれたのかもしれない。それとも、地獄に堕ちて切り分けられたケルベロスだろうか？

いっとき、姉はひどいうつ状態で、私もADHDの診断を受けてつらい日々を過ごしていた。妹は大学卒業後、自分の存在理由を疑うフリーターだった。そのせいで今もまだ、いくらか苦しみの中にいる。それでも私たちは三人だという事実のおかげで、最終的に受け止める悲しみも33.3％に減るのだと前向きに考えられた。

　ときどき、姉妹間では悲しみがすぐに移ってしまうことを思い出しながら、気を引き締めてうつを管理している。姉や妹に気づかれてもあまり気に病む必要のないことでだけ、落ち込むことにしている。この試みはなかなか悪くなく、姉や妹以外の他人を慰めるときにもちょっぴり毅然とした自分になれる。

　父は、並ぶとベンティ、トール、ショートのセットみたくなる私たち三姉妹を集めて意地の悪い冗談を言う。

「うちはお金がないからお前たちの仲がいいんだぞ。ほんの少しでもお金があってみろ、こんなふうにはいられないだろう？　親が死んだとたんにつかみ合いのけんかになるに決まってる……」

　父は面白くて臆病なおじさんなので、余計な冗談と余計な心配がどっちも多い。笑えるけれど、聞くと恐ろしくなる家庭だ。私は、両親の葬儀が終わりもしないうちからトイレに

隠れて法律事務所に電話する自分を思い浮かべる。こうした
状況は実際によくあるし、しょっちゅう空想に耽る私にとっ
ては容易い想像だ。

「血を分けたあのバカなやつらよりも私の取り分を多くする
ことはできますか？」

　想像の中の私が言う。私の隣の個室とその隣の個室に入っ
ている姉と妹がそれぞれ息を殺して「私の取り分を多くする
ことはできますか？」とささやく寸劇を思い描いてみる。両
親が亡くなるという前提からして非現実的すぎる想像だが、
なぜか現実の私はぼろぼろ涙をこぼしている。私は誰とも争
いたくないし、家族と争うくらいならおかしくなってしまっ
たほうがいいと思っている。姉と妹と争ったら、どのみち頭
がおかしくなってしまうだろうから、序盤からおかしくなっ
てしまうほうが苦労がないだろうと……。家族が多い私は、
四人もの相手に勝たないとトップには立てない。一番になる
のがものすごく嫌だと思うなんて、どうして自分が二番目に
生まれたのか、今ならわかる気がする。

　正直に言えば、財産争いできるくらい私の姉と妹がお金持
ちだったらいいなと思う。それはどんな想像よりもワクワク
する。この寒い日にこんな熱い鼻息が出るなんて、呼気の熱

Chapter 4　私が出会った世界——家族、恋愛、ネコ、友人

さから自分がどれほどの俗物なのかがわかる。

　私はもはや、二番目がいいと思っている二女なので、一番目のお金持ちの地位を姉か妹に快く譲ることができる。どちらかがお金持ちになれば、彼らの足の爪の垢でも取る侍女として活躍してやろうと決意もしている。姉は他人が自分を出し抜くことを我慢できないので、一番にお金持ちになっても不思議はない。私にとってはいつまでも幼い妹が、資産規模で下剋上を起こしてもかっこいいと思う。とはいえ二番目にお金持ちになるのはやはり二女の私がふさわしい。そんな思いで今日も精一杯生きている。

親という世界、
学校という壁

「親は子どもの世界」という言葉に同意する。甲乙の契約関係を設けることなく相対的かつ絶対的に親と子の関係を表しているからだ。

ADHDの私も、それ以外の特性は親に似ている。この世に生まれたその日から、とりとめもなくゆっくりと、親という世界に組み込まれていった結果だ。私は母のやり方で世界を感じ、父のやり方で世界と対話する。ときどきまったく別の方向に飛ぶこともあるけれど、結局は気安い両親の世界に舞い戻ってくる。もしかしたら私の隠した第一国籍は両親かもしれない。

ADHDが遺伝のせいだと信じていたときは、両親への尊敬の念が薄れていたこともあった。コケた青春ドラマの主人公のように「なんでこんなふうに産んだの？」と恨めしくも思った。まあいいかという気持ちの今は、親はADHDの私を整備すべく情熱をすべて捧げたエンジニアだと思っている。あのとき借りた忍耐を返済する手段がなくて、私は毎日長い文

章を書き綴っているのかもしれない。エッセイのフリをした反省文で、私が台無しにした彼らの若かりし時代を償えることを願って。

とにかく10代の頃は、親との関係がとてつもなく悪かった。私の将来にも両親の顔にも暗い影が落ちていた時代だった。親子げんかのあと、両親は夫婦げんかもしていた。「お前はいったい、どういう育て方をしたんだ？」「何よ、私一人で子育てしてるわけじゃないでしょう？」という陳腐な言い争いではなかった。父も母も、互いに疑う余地がないほどに子育てに一生懸命だったから。

責任を押しつけ合ったりはしなかったけれど、「あいつはなんであんなふうなのか」と互いに問いただしていた。その矛先は私にも向けられた。

「何がいったい不満なんだ？」

問いはあれど答えがないため、家の中が春秋戦国時代さながらに対立していった。私はまだ若く、自分がADHDだと知らなかったため、自分のせいで殺伐とした雰囲気になってもそれに合わせることはできなかった。逃げることへの罪悪感もなく、私は身一つで外に出かけた。家庭にも学業にも集中できないまま、自由に外を飛びまわっていた頃だ。

学校に通っていた頃、私が親と一番言い争ったのは「自主退学」のことだった。学校生活が始まった小学校1年の3月2日から大学を卒業するまで、事あるごとに自主退学したい衝動に駆られた。「父さんを刑務所に送るつもりか?」とわなわな身体を震わせて言う父の姿に、結局は自主退学を諦めたけれど、私の心はいつも学校の外にあった。自分がADHDであったり、ADHDの子を持つ親ならば、子どもがどんな感じで学校に馴染めずにいるのかわかるだろう。先生から電話がかかってきて不安になったり、先生から電話がかかってくるかもしれないと不安になったり、私の母もそんな不安に耐えて、何度も何度も私を登校させた。フリースクールも考えたけれど、家から遠すぎた。両親は家の中でも空回りしている私を、これ以上たらい回しにするようなことはできないと判断した。フリースクールの話が立ち消えになると、他に代案はなくなった。

残りの日々は、ただただ耐えるだけだった。

パチンコに通う遊び人のように、登校し続けた。成績も態度も悪く、いろんなトラブルの絶えない私にとって、学校とは希望も幸運もない場所だった。警察みたいな先生に突然連行されていく場所でもあった。私が教室で確かめられることは、私がいかにできないかということだけだった。自分の席

にじっと座っていられず、クラスの活動にもまじめに取り組めず、まともな成果を一つもあげられない私は、「あんたってなんでそんなの?」とみんなに聞かれた……私が聞きたかった。

　確かなことは、私の奇怪な行動は、逃げるためでも、他人を取って食うためでもないということだ。むしろ誰よりもみんなの仲間になりたいと思っていた。私には決して立ち入ることのできない、笑顔あふれる世界に穏やかに入っていきたかった。でも私の頭の中には不良がいて、そいつが食人種であるせいで、本当の私はすでに取って食われてしまっているような気分だった。いい子の私、誠実な私、かわいらしい私は、歯に挟まった肉の切れ端みたいなものだった。正直、自分がやらかしている自覚すらなかった。いつも、気づいたときにはすでにやらかしていた。どうして遅刻したの?　どうして宿題しないの?　どうしてご飯食べないの?　どうしてご飯食べてばっかりいるの?　お母さんのサインはどこ?　どうして騒いでるの?　どうしてけんかしてるの?　怒られるたびに、超越的絶対者に問い返したい心情だった。

　なんで私はこんなふうな人間なんですか?　何が私自身を追放させようとしているんですか?

　それゆえに、説教も叱責も私にはなんの意味もなかった。

自分でどうにかすることも、自ら変わることもできなかったからだ。たいていの授業で追い出されたり、抜け出したり、別の罰を受けたりしていた。そうでないときには、気分のままに歩き回っていた。いろんな理由で罰として校内のボランティア活動をさせられたけれど、まったく恥ずかしいとは思わなかった。当時、私が通っていた学校では、罰を受けた生徒は、職員室の前の廊下に自分の机を移動させなければならなかった。問題児は授業から追い出して特別な監視下に置こうというのが目的だった。

　そのときは、授業に出ないことがどうして罰になるのかさっぱりわからず、長いこと悩んでいたのだけど、とうとう理解できなかった。廊下に置かれた自席について白い壁を見つめながら、怒りや涙を堪える癖がついた。壁の前で反省文を書いていた思い出のせいで、悪い状況や感情を抑えなければいけない状況が壁と結びついてしまったようだった。

　そして私は意外なことに……廊下の床にこびりついたガムを剝がすのが好きだった。ガム剝がしは、登校して職員室前の廊下の自席にやって来た私が反省文を書いたあとに行う任務になった。一緒に罰を受ける友だちや先輩たちは皆、そんなことはしたがらなかった。なかにはゴム手袋を貸してくれる先生もいたけれど、そうでないときはスポンジとガム剝が

し用のヘラ、洗剤を素手で扱わなければならなかった。汚れ仕事だった。それでも、私の手入れのおかげでピカピカになった廊下を見ると、三毛作に成功した農民のようにうれしくなった。

　すぐ嘔吐いて怠け者の私が、どうしてそんなことを好きだったのか？

　悲しいかな……ガム剝がしは、学校という空間で私が達成感を得られる唯一のことだったのだと思う。他の子たちが進路への可能性をかき集めている間、私は、吐き捨てられて廊下にこびりついたガムを集めて慰めを得ていたのだ。私が割を食ったのは、ほぼ自分のせいだけれど、このことを思い出すとどうしようもなくやるせない気持ちになる。

　実はADHDなんてものはなくて、薬も治療も精神科医の金儲けの手口だというような話をときどき耳にするたびに、しゃがみ込んでガムを剝がしていたときのことを思い出す。他人を不快にせずには集団生活ができず、自己嫌悪を盾にしていた10代の私が、ガムではなく処方箋を手にしていたなら、私の人生も少しは変わっていたかもしれないのにという悔しさからだった。今、毎日のように飲み下している錠剤が、あの頃にも処方されていたならば、私は外で遊び回っている代わりに、自分の内へと突き進んでいたのかもしれない。いず

れにせよ、こびりついたガムを剥がしていた私が、ガムを吐き捨てる人間に「おい、そこのクズ、口にガムぶち込まれたくなきゃさっさと拾え」と言ってつっかかることなく、極めて冷静に環境美化へのまっとうな意見を伝えることができたかもしれない。そうすれば三十路の私は、胸を張って同窓会に参加できる大人になっていたのではないだろうか？ ADHDの薬を飲んだからといって、突然エジソンやアインシュタインのようになれるとは思わないけれど、誰かの優しい友や娘にはなれたかもしれないと思うのだ。

　時が経ち、ADHDの可能性を前向きにとらえられるようになったけれど、10代の頃についてだけは、ずっと後悔している。つかみ損ねた可能性と巻き戻すことのできない時間が、いつだって今のベストをこき下ろした。私は、10代のときにしか味わえない10代らしさとはどんなものかを30になったこの歳まで知らなかった。勉強して、友だちと遊んで、先生との信頼関係を築いて、少ないお小遣いをやりくりしながら愛情を込めた親孝行をする。そんな青臭くもきれいな思い出は、私にはない。当時は、10代は10代らしくいるのが一番だと考える人間なんて愚かにしか思えなかった。だけど今思えば、私のことを変えようと努めてくれたありがたい人たちだった。だいぶマシになった今になって、届くはずもない尊敬

の気持ちを過去へと送り出す。

　あの頃の私について、母はこう言う。

「そうね、あんたが思春期の頃は父さんも母さんも本当に大変だったわ」

　実はADHDの私には特に思春期というものはなかった。むしろ思春期という言葉が私の症状を一時的かつ一般的なものであるかのように覆い隠してしまった。だから私は思春期の被害者であり親という世界の加害者だった。

「お父さん、昔はあんたのせいでよく泣いてたじゃない」

「えぇっ、悲しくて？」

「いえ……怒って」

　私が学校で壁を見つめている間、両親も自分たちと私との間にある不可解な壁を見ていたことだろう。私たちは、それぞれの場所で似たような壁に出合っては家に帰るということを繰り返していた。若かった私には、壁を見つめながら反省文もどきを書くしか能がなかったため、壁を壊して、その中の私を抱き上げてくれたのは、やはり両親だった。この約10年の間、親の世界から何度も飛び出そうとしていた私は、ゴム紐が元に戻ろうとするみたく、いつもここに戻ってきた。父と母が私の世界となってくれたおかげで、放蕩娘として扱

われていたときでさえ帰ることができた。長い間ずっと悲しんでいたけれど、長い間ずっとみすぼらしいままではいられない人間だった。どれだけみすぼらしくなっても、両親の中でだけは、私は永遠の特権階級であり上級国民だった。

「惚れっぽい人間」の
未熟な恋愛論

　ADHDの診断を受けてから、短期間にたくさん成長しよう
と努力した。実際、治療期間と薬代に比例するように私は成
長したと思う。もしかしたら成長そのものよりも「成長して
いる」という未来志向的な幻想に執着しているのかもしれな
い。でも、どんなに執着して努力しても、成長できない分野
というのがある。それが「愛」だ。

　恋愛はしなければいけないものだろうか？　私は一人の男
性と長続きしない。もちろん恋愛関係の発展と維持という点
において。もし私が同性愛者だったとしても、かわいそうな
同性の恋人と、同じような問題を起こしていると思う。異性
愛者であることが悲劇のようであっても、女性たちを私から
救ったという点では、人のためになっているかもしれない。

　何がおかしいって、私はこんなにも恋愛に懐疑的なのに、
「惚れっぽい人間」「飽きっぽい人間」と言われているという
ことだ。「すぐに惚れて、そしてすぐに飽きて別れる」と。私
自身は、すぐに人と付き合ってすぐに別れる人間は、グーで

段られるべきだと思っている。だから、しょっちゅう自分の頭を段っている。悔しいのは、ひっきりなしに新しい恋人を必要とするのは、私ではなく私の失敗の数々だということだ。

ADHDは「塵も積もれば山となる」という格言を痛感させてくれる。しょっちゅう何かを忘れ、ケガをして、道をさまよい、世間から噂され、何かをしでかす日常が塵のように積もっていく。1日、2日が1年、5年と積もり、それが一生続けば山のように大きなダメージになる。人々は上位3位の人生には憧れるけれど、ビリの人生には同情すら感じない。常に順位づけされる社会でビリを任されていた私は、ときに寂しく、長い間つらかった。

つらくなったときの解決法は、あえて反対の行動をすること。完璧なお利口になれないならば、完璧なおバカに甘んじればいい。でもそんなふうに生きるには協力者が必要だった。私が忘れたスケジュールや持ち物を管理し、転んでケガをする前に支えてくれて、ケガをしてしまっても手当てしてくれる人が。

もともと空間認識能力が劣る私には、地図の見方を教えようとしてくれる人が煩わしかった。それよりは優れた方向感覚を発揮して私を目的地まで連れて行ってくれるガイド役になってくれるほうがいい。その行動が「私を愛する気持ち」

からであれば、その献身に対して文句は言わない。だからこうした役割をする人は当然のことながら恋人でなければならなかった。

　すごく手のかかる私を快く世話してくれることが最優先事項であるから……私は彼氏の外見にはこだわらなかった。いつでも私の行動を見守る防犯カメラでいてくれさえすればよかった。ちゃんと私の世話をしてくれるならば、見た目なんてどうでもいい。いい人かと聞かれても、私にもわからない。深く考えて判断したことがないから、どこかネジが飛んでいる確率が高かった。でも新しい恋人を見つける必要性に迫られるより、判断自体を保留にしてしまうほうが簡単だった。

　私は誰と付き合ったとしても、幸せな期間は短く、長い苦しみを経て、くだらない別れ方をするのだろうと確信している。だから私の現在だけど過去になる彼氏たちが、本当に「誰」なのか気にならなかった。やや自棄だったのもある。知ろうと思って聞けば知ることができるのだろうか？　自分自身のこともわからず29年も悶々としてきたのに、こいつのことを知ろうと思ったら何年かかることやら、という気持ちだった。

　それでも付き合う前は、永遠を夢見た。「私たち二人でいつ

までも仲良く」というのは、お金持ちになる夢や空を飛ぶ夢のようにワクワクする幻想だった。私はいつも「彼氏候補」を最大限好きになろうと努めた。他人にうわべだけの関心しか持たない私が、情熱と誠意を持ってその人のことを知っていき、共感し、褒めるのである。気づくといつの間にかその人の人生の助手席に座ってしまっているが、不思議なことに、そのときから後悔し始めるのだ。

　これで合っているのか？　私は爪を嚙む。いや、合っているわけがない……。しくじった。あまりにも早く伴侶を決めた罪で、遅すぎる焦りを感じた。心を歪めて愛を演じるのには背徳感があった。ツーショット写真の中でふざけて笑っている私を見ていると、そのまますべて放り投げてしまいたい気分になった。

　けれどこの混乱に耐えれば驚くほどの進展があった。私が求めているのは靴をプレゼントしてくれる人ではなく、転ばないよう、ほどけた靴紐を結んでくれる人。スーパーのレジでカードを出してくれる人ではなく、買い物かごに入れ忘れたものがないか私の代わりにチェックしてくれる人。素敵な場所に連れて行ってくれる必要などない。ただ私が絶対に行かなければいけない病院や会社に連れて行ってくれればいい。

　男性たちはこうしたことを造作なくこなし、自ら満足して

いることもあった。それに、私はとてもよく褒めた。どのときの彼氏もみんな認められたがっていたから、私たちはかなりうまくいっているように見えた。このときが私の恋愛黄金期だ。どんな失敗も個性として受け入れられ、互いに不器用な私たちが付き合うことで高め合っていると勘違いしていた。

　だけどそんな時間は長く続かない。相変わらず、あなたはあなた、私は私というのが本音だし、根は変わっていないからだ。慣れてくると、「そろそろ少しは自分でやったらどうなんだ？」「毎回俺にばっかりやらせんなよ」と言われるようになる。私もまた言いたいように言う。「そっちがやるって言わなかったら自分でやってた。やるって言ったの、あんたでしょう？」──こんなふうに。愛し合うために付き合ったのか、支離滅裂になるために付き合ったのかわからなくなってくると、私は逃げ出したくなる。

　彼氏が些細なことにさえイライラし始めるのは、私にとって大きな危機だ。別れようと言えば、いつも「たかがこのくらいのことで何言ってんの？」と返されるけれど、私はその時々の出来事だけで腹を立てているわけではない。とうとう私の世話をするのを面倒くさがり始めたこと、それこそが重大な別れの理由になるのだ。塵も積もれば山となるというのがADHDなら、山のように大きかった私の影響力が、塵のよ

うに舞い始めるのが愛の終わりなのかもしれない。

　あまりいい気はしないけれど、私の恋愛が幼稚で人使いが荒いという意見には同意する。彼氏がいれば楽にはなるけれど、その時期、私の成長は止まる。もしかしたらお酒や薬よりも恐ろしいのは、安楽な生活かもしれない。お酒や薬はやめたいと思うけれど、安楽な生活というものはどうしても自分からは手放せないのだから。

　いつだったか「真実の愛を信じるか？」と聞かれたことがある。友だちは、愛情の応酬に不慣れで情緒がやや不安定な私がそんなものを信じたら傷つくのではないかと心配しているようだった。私は真実の愛よりも真実の世話焼きに興味がある。それにどちらも信じてはいない。真実という言葉は、塵一つ付くのも許さないという点で不安でしかない。不安でしかない状態に耐えねばならないなら、そのまま相手のいない状態で生きるほうがマシだ。だから最近は久しくフリーだ。真実の愛はネコに対して試しているけれど、人間よりかはうまくいっている。

恋バナみたいな別れ話

　私は惚れっぽい。誰でもいいわけではないけれど、好きになった人ならやはり誰でもいいことが多い。人を見る目がないのだろうか？　こだわればこだわるほど私のお眼鏡にかなう人は減るわけだから、もしかしたら人を見る目を開けるのが嫌なのかもしれない。

　秘密を共有したいと思ったら、惚れた証しだ。私の場合、自分がADHDであることを言いたくなる。土曜日の精神科への通院を隠したくない。私の病歴、能力、それらの限界を全部打ち明けて、ありえないくらい急速に親密になっていく想像をする。ありえないくらいたくさん話し、一緒にご飯を食べて、互いの長所を見つけ、何かにつけてもっともっともっとと欲しがるようになる……。付き合うまでの一連の過程を想像するのがあまりにも楽しくて、何十キロもある身体がずっと宙に浮かんでいるような気分になる。

　私は言う。

「私、ちょっぴり調子外れなとこがあって、そのせいであな

たまで調子を崩しちゃうかもしれない。それでも一緒にいて
くれる？」私の告白には、入会規約みたいな問いが含まれて
いる。「いいなら、私もあなたにとってだけはいい人でいられ
るよう努力する」。私は愛を実らすべく、未来のことばかり話
す。けれど、やはりそこに隠された本心では「お願いだから
こっち見て、さっさとうんと言って！」と急きたてている。
一人だけ浮かれられない人間特有の軽率さのおかげで幸せを
勝ち取った気になる。

　けれど意外なことに私は愛そのものを嫌悪した。愛は私に
一人になる怖さを教えながらも、やたら一人になれと迫って
きた。私の人生がいつも出会いと別れの間をふらふらしてい
るのも、すべて愛と愛がもたらす恐れのせいだ。嫌悪しなが
らも何度も求めてしまうせいで、愛に気づくたびに悲しくな
った。口はどのみち紆余曲折を経て肛門とつながっているよ
うに……ごちそうだった私の愛も最後には糞になる運命なの
だろうかと長いこと悩んでいた。だけど苦悩していることに
対してすべての答えを知っているとしたら、それはアインシ
ュタインだ。私はどうしたって私だから、知っているのは愛
の本質ではなく自分一人の終わりだった。ひと言で言えばそ
れは左右対称の「デカルコマニー（転写画）」だ。

私は惚れっぽいけれど、飽きるのも早い。誰でも好きになれるということは誰でも嫌いになれるということでもある。なぜ人を見る目がなかったのか？　こだわってでも自分のお眼鏡にかなう人を選ぶべきだったのに。もしかしたらこれは人を見る目を閉じた代償なのかもしれない。

　秘密の共有をなかったことにしたいと思ったら、その愛は終わった証しだ。私の場合、ADHDだと打ち明けたことを悔やむ。土曜日に精神科に通院していることを知られているのが恥ずかしくなる。私の病歴、能力、それらすべての限界を打ち明けたのに、ありえないくらい急速に離れていった。ありえないくらいたくさんけんかし、一緒に夕食を取ることもなく、互いの欠点ばかり探して、何かにつけてもっともっともっと嫌いになる。別れるまでの一連の過程は悲惨すぎて、何十トンもの重りを背負って地下に押し込められたような気分になる。

　私は言う。

「一緒にいるとすごく調子が悪くなる。あんたのせいで余計に悲しくなっちゃったし。もう別れてくれない？」私の宣言は、退会を決めるときのように突然だ。「私もよくはないだろうけど、あんたが早くよくなることを祈ってる」私は愛を終わらすべく、未来のことばかり話す。けれど、やはりそこに

隠された本心では「お願いだからこっち見ないで、さっさとうんと言って！」と急きたてている。一人だけ浮かれられない人間特有の軽率さのせいで完全に打ちのめされた気になる。

　だから愛そのものをどんどん嫌悪するようになるのだ。愛は私に一人ではない怖さを教えながら、また絶対に一人になるなと迫ってきた。私の人生がいつも明瞭な出会いと曖昧な別れを迎えるのも、すべて愛と愛がもたらす恐れのせいだ。それでも嫌悪したいと思うことには快感があり、私は愛に気づくたびにうれしくなった。閉ざされた入口は結局のところ窓に通じていて、にっちもさっちもいかないような私たちでも運命なのだろうかと長いこと待ち望んでいた。けれどアインシュタインでさえ、待ち望んでいたものすべての答えを得ることはできなかった。アインシュタインよりも出来が悪く、好奇心だけは多い私は、愛の本質も自分の愛の終わりも永遠に知ることはないだろう。だから私にとって愛は、ひと言で言えば代償を伴うコメディだ。

うちの娘は、いつになったら
結婚するの？

　両親は二人とも幸せだと言う。傍から見てもそう見える。とはいえ若かりし頃にはけんかもしていた。自分の家を「こんな家」と蔑んでいた日々が私の中高時代にもあった。でも終わりを迎えることはなく、二人は今でも夫婦だ。幼い頃からもう幼くもない今に至るまで、私はその事実を盾のようにしてきた。

　ありふれた言葉で言えば、家族は「巣」だ。ありがちな表現を使うのは嫌だけど、いまだに「巣」よりもいい言葉を見つけられずにいる。父も母も、30歳になる私にとって今なお素晴らしい巣だ。だから親元を離れた世界で一人、暮らしたいという気持ちはなかった。

　両親の愛情のもと、私は照りつける日差しの下に放置されたゼリーのようにふやけた人間に育った。誰もそんなふうに育てた覚えはないのに、一人で固さを失っていった。両親は私に早く結婚してもらいたがった。母は私の婿の役割を「保護者」と定義し、早く候補が現れるのを待ち望んでいた。父

の意見も母と同じだった。

「うちの娘は、いつになったら結婚するの？」

「お母さん、私に夫は必要ないの。結婚なんてしない」

　両親がしょっちゅう聞いてくるのは、私に誰かをあてがえさえすれば、私がまともになるだろうと思っているからだ。

「お父さんやお姉ちゃんの旦那さんみたいな人がいたらいいと思わない？」

「そりゃいいだろうけど」

「じゃあなんで結婚しないの？」

　よりよい状態をどうして目指さないのかと聞かれるたびに困った。そういうときはのらりくらりと話をかわす。

「ねぇ、よく聞いて。お母さん」

　母の顔に渓谷みたいな深いしわがいくつあるのか数えようと、望遠鏡をのぞき込むような表情で私は言う。

「いつも以上に日差しが温かくて空の雲がきれいな週末だったの。朝遅くまで寝て、昼寝もして、ネコのメットルと久々に家族会議をしたわけ。それでね、聞いたのよ。『メットル、新しいパパが欲しい？』って。そしたらメットルがひれ伏して言うの。『ママ、新しいパパなんて要りません。パパなんて一人もいたことはありませんが、こんな狭苦しい家にこれ以上の人間を入れるのはお断りします』って。だから私は結婚

なんてしないの！」

　私の戯言に慣れている母は「ねぇ、よく聞いて。お母さん」
と私が話し始めた時点から何も聞いていない。それでも変な
娘になることで、どうでもよくともまじめな答えを避けられ
るというのは賢い選択だった。

　実際、私が結婚話を嫌うワケは3268個ある。なかでも最大
の理由がこれだ──私にはどうしても一人の人間と長く寄り
添う自信がない。一人の人間に一生満足したり、一生我慢し
たりすることなどできない。退路が断たれた関係──永遠を
誓い、逃げようなんて考えもしないと約束する関係は重くて
恐ろしかった。私は逃げ場があると確信できてこそ、逃げな
いように努力する人間だ。いつでも逃げ出せるとわかってい
れば、それは今このときではないと勇気を出せる。契約期間
が終わる前に違約金を払って通信キャリアを変えるくらいの
手間で離婚できないのなら、結婚など無理だった。そのうえ
結婚は、通信会社の手続きよりもエネルギーを消耗する。

「父さんはお前の母さんとこんなに仲良く暮らしてるじゃな
いか」

「とてもとてもご立派だと思います」

「俺の娘だっていくらでもそうなれるんだぞ」

「私はそんなに立派になりたいとは思ってないけど」

「将来、お前が親の葬式で泣くときには、お前の側に寄り添ってくれる人がいてほしいんだよ」

「お父さんとお母さんが死んだら、悲しすぎて側に寄り添ってくれる人がいようといまいと私も死んじゃう」

「まったくお前ってやつは、親の前で死ぬだなんて言って」

「お父さんが先にそういう話をしたんでしょ！」

　結婚の話をすると、両親と私の会話はすぐに行き場を失った。

　最近では、インスタグラムやオーハウスといったアプリを開くだけで、美しい新婚生活の様子を簡単に垣間見られる。新築マンションの部屋に白家電を置いて、差し色にカラーの小物を配置する。部屋が小さかろうと大きかろうと新婚の雰囲気はおしゃれだ。テーブルも食器も、そこに盛りつけられた料理も、雑誌の写真のように美しい。結婚する人々は、たいてい自分を主人公にした自分だけの日常の写真を投稿していて、私も見ていて楽しかった。私は独身だけど新婚みたいにおしゃれな生活をしたいと思ったら、今の2.5倍は稼がなければならないだろう。飼いネコの分も含めると３倍、いや４倍は必要かもしれない。

　もし私に夫がいたなら、夫は、一生出続ける生ゴミやリサイクルゴミを片づけてくれることだろう。運転をして、お風

呂の掃除をして、他にもたくさんのことをしながら、家のために働いてくれるはずだ。スーパーで食材を買ってきて、四つの手で二人分の夕食を準備するに違いない。寂しくない食卓を幾度となく囲めば、いつか私もそういう生活が幸せであることに気づくのかもしれない。私はちょっぴりずる賢いから「ああ、なんでもっと早く結婚しなかったのか」とムダに後悔することもあるだろう。肩幅が広く、心はそれ以上に広い男性と何度も一緒に眠りにつけば、貧弱な悪夢も私の夢の中に長く居座るのをためらうはずだ。一人ならば考えもしないいろんな経験や決断も、私をもっと強く、温和な人間に変えてくれるかもしれない。

　それでも、私の心は相変わらず結婚からはほど遠い。いまだに伴侶がいないことを考えると、結婚のほうも私と親しくなろうとは思っていないのだろう。私には常に一人きりでやることがたくさんあるから、夫は別にいなくても平気だと思っている。

欠陥人間の完璧なネコ

2020年6月、私は生後5週になる子ネコを伴侶に迎えた。実家に住んでいたとき、両親が家の中に入れる動物は、お酒を飲んでへべれ犬と化した私くらいなものだったから、本物の動物仲間の登場は麻薬のような感激をくれた。強く長生きしてほしいという思いを込めて、「挽き臼(メットル)」と名付けた。変だとよく言われたけれど、メットルはその愛らしくてかわいい魅力で名前の難解さをうやむやにした。

ネコを飼うことに決めた理由は、思いのほかくだらない。母の許しも得ていたし、昇給交渉を控えていて、経済的余裕ができる予定だった。それに恋愛や結婚が前提ではない新しい家族が必要だった。恋愛や結婚への幻想はとうに捨てていたけれど、虚しさは感じていたのだと思う。給与の上げ幅にかかわらず、それ以上の額をネコに使うと心に決め、里親になった。

生まれて初めてペットタクシーに乗って帰ったとき、腕に

抱いたメットルは320gだった。あまりに小さくて急に不安になり、突然自分がバカみたいに思えた。それと同時にワクワクしておかしくなりそうだった。普段はおかしくなることに怯えながらも、自分はまともだと思っているけれど、そのときは本当に不安だった。

　自分は単なる興味だけでネコを迎え入れようとしているのではないか？　もしその興味が失われたら、自分はメットルを負担に思ってしまうのではないか？　メットルが突然死んでしまったら、どうすればいい？　愚かな考えをパン生地のようにこねくり回しても、なんのパンも焼き上がらない。メットルのことを考えながらも、実際には自分のことばかり真剣に悩んでいたのだから、そのときまでの私は利他的でありたい利己的な人間でしかなかった。

　実際、メットルに出会う前から、私は未熟な存在どうしが出会って幸せになる物語にしばしば涙していた。なかでも目の見えない男と歩けない男が助け合う物語に一番感動した。闇夜、腹を空かせた虎がうろつく山道、目の見えない男に負ぶわれた歩けない男。歩けない男が教える通りに歩みを進める目の見えない男。二人は虎に食われることなく無事に山を下りる……。

いつどんなときも、どこか欠けた自分は、自分と同じように どこか欠けた相方をずっと探し求めていた。幸いなこと に、人間の世には不足で満たされた者がたくさんいた。けれ ど満ち足りずとも潔白な人間はほとんどいなかった。彼らと 折り合いをつけようとすると、私の夜道はいっそう暗く濁っ て、どこにも出口を見出せなかった。出会ったかのように別 れることだけが、唯一の出口のようだった。多くの縁を見送 りながら感じたのは、他人に対する期待を捨てて初めて、他 人を愛せるということだった。

　一緒に過ごして思ったのは、私の伴侶になったメットル は、欠乏や不足という概念に縛られない超越的な存在だとい うこと。メットルが何者であるかよりも、メットルと出会っ て以来、私が誰も探し求めなくなったということが重要だっ た。理想のパートナーに出会って、幸せになることをずっと 夢見てきたけれど、徐々に足がふらつくどころか、自分の足 で立ちたいと思い始めた。未熟な私にも頑張って守らなけれ ばならない存在ができたからだ。

　私なりに精一杯お世話をしているメットルは、だんだんと 温かくも負けん気の強いネコに育っていった。私にお尻をぴ ったりくっつけて不満を表すたびに、熱気と冷気を同時に感

じられた。私はメットルから、愛する存在が放つ冷気はすぐに暖気に変わるということを毎日のように学んだ。ネコが教えてくれたことを人間関係に当てはめてみるのも面白かった。結果的には、常日頃感じていた心の穴をネコで埋めることはできなかったのだが。人間がネコでないように、ネコも人間ではないから。それでも共に暮らしている間じゅう、癒し効果は明らかだった。メットルが私の心に空いた穴を塞ぐことはできなかったけれど、穴のない新たな世界を開いてくれた気がした。自分のことにすら手一杯で、他人を思いやることのできない私にとって、ネコは新しい挑戦であるとともに発見であり、家族でありながら友だちでもあった。

　私は悩んだ末に私たちの関係を「ベストフレンド」と定義した。私はメットルを産んだわけでもなければお尻を舐めてあげることもできないから、母親とは言えない。メットルよりも立派なところもない人生だから、姉というのもどうかと思った。それに比べて友だちという響きのなんと素敵なことか。私は私とメットルを、少年ネロと愛犬パトラッシュに重ねた。彼らのように心が通じ合うことを期待して、メットルが成長するのを待った。あの頃は、いつも優しい言葉で人生のパートナーに接すれば、メットルもそれに応えてくれるだろうと信じて疑わなかった。

もちろん私の期待はすぐに打ち砕かれた。

　私のかわいいキティ──もといメットルは、お利口でかわ
いかったけれど、お利口でかわいい・・だけではなかった。わが
ままで協調性がなく、なにげに頑固だ。物を大切にすること
を知らず、気に入ったものも気に入らないものもすべて壊し
てしまう。私も腕や足を嚙まれまくった。馬車馬のように働
いて毎日のようにぐったり疲れていた私には、暴君みたいな
メットルの行動は手に余った。まだ性格も形成されないうち
に連れてきた子ネコが、だんだん私みたいになっていくのを
見て危機感を覚えていたのかもしれない。望んで迎え入れた
くせに、ぐだぐだ言うなんてクズのすることだけど、しんど
くないと否定するよりも、クズになるほうが楽だった。

　それでもメットルは驚くほど愛らしかった。メットルがし
でかした悪さならいくらでも書き綴れるけれど、私の能力で
はメットルがどれほど愛らしいかを描写することはできな
い。私にすり寄って眠る姿、カリカリと餌を食べる姿、うん
ちをしようと小さなお尻の穴を震わせる姿、急に口を大きく
開けてあくびをする姿、狩りで得た戦利品を自分だけの秘密
の場所に保管する姿など、メットルの日常を見ていると、灰
色だった私の人生までも色鮮やかになった気がした。

毎日のように感動する人生。

　そんな単純なことが満たされると、私の心の容量が大きく変わった。もともと20メガバイトほどだったのが、突如として2テラバイトに増えたような気がした。明るくなり、心が広くなった。日常の中で「なんでそんなことするの？」というセリフは、「そういうこともあるよね」にだんだんと変わっていった。メットルのしでかしたことに対処するうちに、予期せぬハプニングに対する忍耐力が高まったのかとも思ったけれど、そうではない気がした。私はよい習慣をすぐ身につけられるタイプではない。私を馴らしたのはメットルの存在そのものだったと考えるほうが合っている。メットルに留守番をさせて会社に行くと、イライラすることも多かった。渋滞した道には相変わらず気が滅入り、新型コロナの感染拡大のニュースを耳にすれば、もともとなかった人間愛すらさらに減った。私の状況は刻一刻と貧しく孤独になっていった。しかし不思議なことに、そうした悪い事柄もそれ以上私を振り回さなかったのである。私の人生がついに無気力と憂うつの軌道を抜けだそうとしているように思えた。私はとても長い間、「自然に」そうなることを願ってきた。だけど、自然に生じる問題はあっても、自然に解決することはなかった。メットルが私を救ってくれたけれど、メットルに会いにいった

のは私だ。私の積極性がなければ、メットルもここにはいなかったはずだった。そう考えると、正しい選択をした私が、以前よりもずっと誇らしかった。

　正直、メットルは魔法のネコでもないし、誰かの言葉どおり「生まれたから生きる」ネコだ。だけど生まれてから、こんなに元気に暮らせるのも祝すべきことだと思う。私も生まれたから生きているけれど、死ぬ病気でもないADHDのせいで、多くの時間をムダにして苦しんできた。多少の不満が残るのは、メットルも同じだろう。でもメットルは私の8坪のワンルームマンションの中で許されている以上に自由に見える。メットルがキャットタワーに座って窓の外を眺める姿は、一見すると敬虔ささえ感じさせる。透明なガラス窓の向こうに、さまざまな人間の姿を見て、メットルは何を考えているのだろうか？　会社に行こうと慌てて家を飛び出した私が、小さな点として現れるのを待っているのだろうか？　私は外からいつも家の窓を見て、メットルが小さな点として現れるのを待っているのだけど。

我らは地獄より参上した
トラブルメーカー

　私はどこに行っても誰よりも気の散る人間だった。誰かと一緒にいるとき、じっとしていられず、いきなり歩き回り、やたらと食べたり全然食べなかったりして心配をかけ、ケガをして、物を壊して……。けれどメットルは、あらゆる点で私を超えるやつだった。

　おかしな話だけれど、メットルを飼うようになってから初めてADHDの周りの人たちの苦労がわかった。問題を起こす側と解決する側。私が問題を起こす側だったときは、解決する側のほうがいいと思っていた。でもいざメットルを追いかけ回すハメになると、それはそれで大変だった。

　メットルはうまく歩けもしないのに、驚くほどトイレがうまくて天才かと思った。あまりの顔のかわいらしさに天使のように見えることもよくあった。けれど一緒に暮らすというのは、毎日のように幻想を叩き壊す行為でもあり、私はすぐにメットルの残忍な二つの顔に直面することになる。

　メットルは本当に少しも休まない。たくさん眠ってもいた

けれど、起きているときには必ず動いている。自分の寝床で
くつろいでいないのだ。ポニーの魂でも入っているのではな
いかと思うほど走り回り、ぶつかってはひっくり返り、転げ
回っているのが当たり前だった。極度の心配は、ときに極度
のイラつきに変わった。メットルがとんでもなく高い所にぶ
ら下がって鳴き声をあげているのを見るたびに、寿命がぐっ
と縮んだ気がした。

　だけど、それらの行動は、私が小さい頃に疲れもせずにや
っていたことでもあった。私もまた、ジャングルジムから落
ち、鉄棒から落ち、滑り台やブランコから何度も落ちた。ひ
どいときには縫うほどのケガをしたけれど、それでも気をつ
けることはなかった。昔の母はきっと気が気でなかっただろ
うとだいぶ反省した。

　とうとうメットルが天井に向かってシフォンカーテンを登
り始めた。結局、ビリビリにされた美しいカーテンを取り外
して捨てるハメになり、家の窓は無防備なほどに丸裸になっ
た。私は1年365日、窓を覆っていないと不安になるタイプ
なのに、ネコと話し合う方法はなかった。

　別の日には気でも触れたかのように会話を試みたこともあ
る。

「メットル、あんたは考えなしなの？　それとも良心がない
の？　あんたがネコだからって、それが私たちの間で有利に
なると思ってるんだったら大間違いなんだからね。ひょっと
して顔がかわいいからって許されると思ってる？　私が顔で
判断するような人間だから、それを利用してるわけ？」

　けれどメットルはこちらを見向きもしなかった。ニャーと
鳴くこともなく、カーテンの代わりに登るものを探して動き
回っていた。メットルが私をどう思っているのかはいまだに
わからない。断言できるのは、私を下に見ているだろうとい
うこと。

　でもメットルに対して腹を立てながら気づいたことがあ
る。メットルの態度は、私が他人の小言を無視するのと似て
いると。聞きたくないことを「聞こえないフリ」して無視す
る癖は、子どものときも大人になった今でも変わらない。そ
の頃メットルの陰口を言う私に、会社の同僚が聞き捨てなら
ない考察を聞かせてくれた。

「ペットは飼い主に似るんだって」

　ペットは飼い主に似るんだって……似るんだって……似る
んだって……その言葉はメットルが何かしでかすたびに私の
怒りに冷や水を浴びせた。

いつだったか、与えた餌を気に入らなかったメットルがそれを全部ひっくり返してしまったことがある。私は床に散らばった300粒ほどの餌を黙々と拾い集めた。そのとき子どもの頃の自分を思い出した。おかずにハムがなくて癇癪を起こした私。テーブルをひっくり返したりはしなかったけれど、席を蹴って部屋を出て行った。メットルは子ネコだから餌をこぼしながら食べる。私も子どもの頃から食事をこぼし、今も楽しげにこぼしている。メットルははたして大人になったら餌をこぼすだろうか?

　ベストフレンドが私みたいに育つかもしれないというのは不安だった。メットルには賢いネコになってほしかったし、賢さはいつも私とはかけ離れていたから。ひょんなことでメットルを理解するようになると、烈火のごとく怒ることは減っていった。けれど、怒らないわけではない。

　例えば、メットルはとても好奇心旺盛だ。もしメットルが人形なら、きっとメットルを動かすのは電池ではなく好奇心だろう。あふれる好奇心は動く物体に対する攻撃性に変わった。不幸なことに、私のワンルームで動く存在といえば、メットルと私だけ。自分自身を噛むわけがないので、その歯が

向けられるのは私だ。

　メットルは私にやたらと嚙みついた。足を踏み出すたびに、手を伸ばすたびに、メットルに嚙みつかれた。ADHDの特性上、いろんなケガが多いとはいえ、動物の歯で肉が抉られる苦痛は生まれて初めての恐怖だった。

　傷とかさぶたが増えるにつれて、私の腕と脚はベテラン登山家のようになっていった。メットルの習性を変えるのに失敗した私は、いっそのこと滑らかな肌へのこだわりを捨てた。マインドコントロールが必要だった。

「うちのネコは狂犬病じゃないの。そう見えるだけで。私もバカみたいに見えるでしょ？　集中力がなくて衝動的で注意力がないだけで、バカなわけじゃないのに」

「メットルはサバトラだから、私にもかっこいい柄をつけてくれようとしてるみたい」

「しゃべれないから、口で愛を表現してるんじゃない？　目をカッと開いて泡を吹いてる姿ではあるけど、すごく愛し合っていれば泡を吹くようなことばかり起こるものだし」

　けれどなかでも、相手が嫌がることだとわかっていながら、それを止められないという点で私たちは似ていた。私は自分を騙して都合よく考えようとしたけれど、身体的な苦痛がマインドコントロールで消えるわけではない。メットルが

本当に私と同じなら、どう対処すればいいのだろうか？　現象よりも本質を見極めようと必死だった。

　私がムダなことをしているときは、それを無理やり止めたところで何の意味もない。私は、やりたくないことはとことんできない代わりに、やりたいことはどうにかしてでもやり遂げるADHD勇者だった。思い起こせば、噛みつかれないように逃げるほどメットルはしつこく追いかけてくる。だから噛みつきたくなくなる、まったく新しい方法を考えねばならない。

　まるでおしゃぶりであるかのようにメットルが噛みついてくる身体の部位に、私は唾を塗り始めた。メットルは口が臭いくせに、私の唾の匂いを嫌った。いつだったか唇に唾がたっぷりついたままメットルにキスをしようとしたら、飛び上がって逃げられ、それで知ったことだ。結果は大成功。やや汚らしくて臭くもあったけれど、いずれにせよ唾で保護した部位は噛まれなくなった。

　その次はメットルが乗ってはいけないスペースを完全になくすことにした。大切なものは大切な場所にしまう。メットルが私と同じなら、誘惑をそのままにして自分で考えろと期待するだけムダだから。

かつては、私ばっかり妥協しなければならないのが悔しかった。メットルはだいぶ大きくなったとはいえ、まだ5カ月の子ネコである。あと15年以上、戦争のようで贈り物のような年月を共に過ごすことになるはずだ。ありえないとはわかっていても、しんどいときにはメットルに自分で考えてちゃんとしてほしいと思ってしまう。しかもいつだったか、「メットル！　このおデブ子ネコ、あんたも一度くらいは譲りなさいよ！」と泣いたことまである。

　だけど考えてみれば、私がメットルを選んだのであり、メットルが私を選んだわけではない。私たちの出会いは私のわがままで成しえたのだから、私がもっと我慢することにしよう。私もまた多くの人々の思いやりのおかげで、すごく不幸なわけではないADHDとして生きているのだから、そうして得た愛情をおデブ子ネコにも分け与えたいと思う。

　私は今も人が苦手だし、人付き合いはもっと難しい。未熟で自信がないのに、傍からは平然としているように見えるらしい。しかも私を「陽キャ」だと思っている人すらいる。メットルが本当に私と同じなら、何も考えていないように見える厚かましい顔の裏には、未熟だけれども意義深い努力が隠されているに違いない。申し訳なく思っていても、私にそれを伝える方法がないのだろう。でも私は今、メットルが大好きだ

からそれでもかまわない。メットルが私に似ていることがう
れしくて、いい人になりたくなったし、それで満足している。

かしましマンションの住民たち

　私は女友だち二人と一緒に住んでいる。シェアハウスではなく、一つの建物の中でそれぞれの物件を個別に契約している。私たち三人が住んでいるせいで、かしましマンションになってしまったけれど、ここはきちんとした複合用途型の新築マンションだ。自分たちはまだ若いと安心したくて、私たちはここを「シルバータウン」と呼んでいる。特段、お金持ちではない私たちには、時間だけはたくさんあるという慰めと、三人集まって好きなように遊んでも大丈夫だという思い込みが必要だ。

　一人目の隣人、パン・ユジョンとは、中学1年生のときに仲良くなった。30歳になった今では人生の半分以上を一緒に過ごしたことになる。精神的にも一緒に大人になったのかと聞かれれば、それは違う。10歳前後に仲良くなった友だちとは、なぜか大人びたことをするのが難しい。年老いても、教養があって上品だという印象はお互い持てないだろう。私た

ちは互いを師と仰ぐような仲ではなく、子ども時代の1ペー
ジに挟まれたしおりみたいな存在だった。社会人になった彼
女と私との間をつなぐのは、中学時代のくだらなくもどうで
もいい思い出たちだ。

　実際、ユジョンは倦怠期を迎えた夫のようにしょっちゅう
イライラしていた。私には親しい人の神経を逆なでしてから
かう癖があるため、それが私のせいだということも認める。
だけど彼女がイラつくたびに訝る気持ちを隠すのは難しかっ
た。

　なぜそんなにもプンプンしているのか？　決して変わらな
い私になぜ毎回怒るのか？　15年以上も経つのにそんなこ
ともわからないなんて、私の親友が愚か者に見えた。とうと
う私は、その愚か者と一緒に信号待ちをしていた横断歩道で
脅された。

「チョン・ジウム……私は……我慢……してるんだからね？
私が……本気でキレる前に……いい加減やめなさい」

　理由は覚えていないけれど、またしても私がとんでもなく
幼稚な悪ふざけをしかけて招いた事態だった。通行人のいな
い夜道だったうえに、言葉の合間合間に奥歯を噛みしめるよ
うな長い沈黙があって、とたんに私は恐ろしくなった。恐ろ
しくなったあげく天才になりたくなった。もう少しさりげな

く、まるで褒めているかのように彼女をからかおうと誓った。けれど心の中ではユジョンが腹を立てるのは私にだけであってほしいと願っていた。世の中には荒っぽくてもか弱い人がいて、そうした人はムダに傷つきやすく、私からすれば、それがユジョンだ。怒ると胸ぐらをつかむ真似をするけれど、実のところ誰にもつかみかかれない人間には悲しいことなどあってはならなかった。

　二人目の隣人、チョン・ジウォンとは17歳のときに仲良くなった。3年4組の24番と25番で新学期にペアになり、それ以来まるで自動ドアのように一緒に行動してきた。出会いはやや遅かったけれど、私とジウォンの仲は、ユジョンとの仲とほぼ変わらない。二人とも私のことが大好きで、そこに年月は関係なかった。私の数少ないファンクラブメンバーで、1期生だろうと3期生だろうと同じくらい大切だった。

　ジウォンと私は正反対で、どうやって互いに我慢しているのかは神様ですら知らないくらいだ。私は不真面目で、ジウォンは真面目。私はデカくて、ジウォンは小さかったから、並んで立つとビルと平屋のようだった。ジウォンには秘めた悲しみが多く、私には表立った問題が多かった。口数の少ないジウォンにはよく「口を閉じろ」と冷ややかに言われた。

けれどそれさえ私にとってはひと言分の悪ふざけだった。

「なぁにぃ〜？　口を閉じろだなんてむちゃくちゃなこと言って。人の口は常に開け閉めするために上と下に分かれてるのに、政治家の戸棚みたくずっと閉じていられるとでも本当に思ってるのぉ〜？」

「いいから……お黙り」

　それでもジウォンがかわいらしいのは、私が本当に黙り込むと「急に静かになってどうしたの？」と抜き打ち検査をすることだ。４月生まれの彼女が、５月生まれの私と７月生まれのユジョンに対して姉みたく振る舞うのも面白かった。自称長女は、末っ子のように寂しがりで、泣き虫で、心配事も多かった。ユジョンが声の限りにうわぁんと泣くとしたら、ジウォンは隠れて人知れず泣くタイプだった。そしてあとになってから実は泣いていたのだと打ち明けてくれるのだ。

　三人ともがそれぞれにめちゃくちゃな私たちを一つにまとめるキーワードは、スプリンクラーのように突如として噴き出す涙かもしれない。私はたいてい呆れて腹立たしくて泣き、ユジョンは悔しくてやりきれず泣き、ジウォンは手に負えず困って泣いた。同時に泣くことはなかったから、誰かが泣いたときには残りの二人が弁護士と芸人の役をやった。

私は、悲しむ二人の友の側で「どうしたらいいだろう？」と懸命に考えた。どうすれば二人の友の「うわぁん」と「ぐすぐす」の頻度を減らして幸せにできるだろうかと。友だちの好きな人を一緒に好きになり、嫌いな人を一緒に嫌うだけでは足りないときがあった。そういうときには、友だちに私のネコを抱きしめさせてあげたくなった。メットルは、悲しくて泣く人を放っておけないのだ。引っかき、嚙みつき、そのせいで泣いているというふうに思わせてくれる。資金洗浄は犯罪だけど、涙を洗い流すのは違法ではないから、必要ならばうちのネコの怒りをいくらでも喰らわせてあげられた。

　メットルの力も借りたおかげか、涙の総量は急激に減った。今では悲しみの代わりに、それぞれの料理や持ち物、客人を分け合いながら暮らしている。楽しい生活だけど、楽しいからといって満足しているわけではない。私は友だちから得られるものよりも、友だちだから省けることのほうがよかった。かしましマンションの住人の前ではADHDでいたくないという強迫観念を抑えることができた。集中力をでっち上げて自分の働きを証明する代わりに、甘えて素直になれた。安心して壊れられる場所があったから、外に出て社会人ぶることにも少し気が楽になれた気がした。数年前に一人はカナ

ダ、一人は坂州、一人は南楊州と離れて暮らしていたときも、私は毎日私たちの場所に帰ってきていた。物理的な住まいが集う今は、本当の意味で毎日「私たちの場所」に帰ってきている。

　すごく近くに住んでいるからといって、互いのことをなんでも知っているとは思っていない。友だちが隠したいと思っていることを、ジャガイモの皮を剥くみたいにむりやり暴きたいとも思わない。ただ、悲しすぎることもなく、卒倒するくらいうれしいこともなく、近くで暮らしていけるなら、年老いていくのも悪くないと思う。

DEAR ADHD

友人の皆さん、お元気ですか？

友だちリクエストを送り合ったわけでもないのに、馴れ馴れしくてすみません。でも、うれしい気持ちを表さずにはいられません。今までどのように過ごされていましたか？　今日一日、どんなふうに過ごされましたか？　私と似ていながらも、それぞれの個性が輝く人生の 1 ページにとても興味があります。

こういうとき ADHD は、診断名というより私たちを私たちらしく表してくれる記号のように思えます。16タイプ性格診断の17個目のタイプのようにも見えますし。世間の人は ADHD ではない人を歓迎するのかもしれませんが、私は ADHD である私たちのほうが好きです。もの悲しくもユニークな人生ですから。毎日のように失敗するのは、毎日のように世界を学んでいるのと同じことです。自分自身の出来事によって、したたかに新たな自分になっているということでもあります。愚かだと誤解される私たちは、ひょっとすると白衣を奪われた研究者かもしれません。自分の人生を研究するのに一日を丸々費やしてしまって、他の人よりも少し存在感が薄くなってしまったのかも。

でも正直に言うと、奪われたのは白衣だけではなくて……注意力というコート、集中力という T シャツ、衝動制御というズボンもないのです。忍耐力という靴も、記憶力という鞄も。私はぼろ

ぼろの自我意識をまとったあげく、裸の王様の物語にも笑えない大人になりました。主人公があまりにも多くの人間に後ろ指を指されたり、バカにされたりするので、まるで自分のことを見ているみたいで少し悲しくなるのです。少しでもその悲しみを和らげるべく、私は自分のことを「愉快な愉快な裸んぼう」と呼んでいるのですが、皆さんはどう思いますか？　ダサいでしょうか？それでも服を着たフリをするより、自分に新しい名前を付けてみるほうがいいので、私は暇があれば自分を観察して、懸命に愉快な何かで自分を定義しようとしています。退屈を感じたら、自分はまだ面白いものを探している最中だと思うと、すべてのことがそんなに悪くないように思えます。

　ユーモアを利用したら自分は出来損ないなのではなく、ただ他の人よりも素朴なだけだというふうに理解するようになりました。ADHDの悲劇は、過度に飾り立てることが求められる社会と裸で対峙してしまったことにその本質があるのであって、自分は頭がおかしいのではなく、疲れているのだと思うようになりました。私たちに足りないのは知能や機能というよりも慰めなのかもしれません。ムダなところがなく美しく磨かれた慰めは、自分はありのままでいいのだという自信を与えてくれます。世間をにらみつけて乾いてしまった瞳に潤いを与えてくれます。

　迷ってばかりの私に、先日ある友だちが送ってくれた言葉を皆

さんとも共有したいと思います。「あなたの人生には、誰もが生きてみたいと思うほどに輝いていた瞬間の数々がある」。最初は私の人生が「輝く」という言葉と結びつくのか疑問でしたし、ちょっぴりあっけにとられました。でも最後には泣きたい気分になりました。こうした気持ちを感動というのでしょう？　私の拙い文章でも皆さんに同じ気持ちを伝えられたなら、とてもうれしいです。慰められる側から慰める側になれれば、私は有名かどうかに関係なく作家として成功したと言えるでしょう。

　自分を肯定できるようになる前は、自分は不良のお日様として生まれたのだろうかと悩んでいたように思います。やたらと熱くてぶくぶくと丸い頭の中がその証しのようであり、それだから近づいてきた人たちがやけどしてしまって、私から離れていくのだと思いました。そうして一人寂しく遠い宇宙のお月様になったような気持ちにもなりました。たんに ADHD だっただけだと判明した今は、太陽が昇っては沈むように、自分も強くなろうと頑張っています。気象庁がどんなことを言おうと、太陽は必ず昇って沈みますから。太陽のように生きれば、私にも本当の四季が訪れると信じています。私のような人間にもちゃんとした 12 時間の昼間が許されると信じています。真っ暗な夜でも「私は今、朝を待ってるんだ」と、絶望を押しのける力が得られます。失敗するのは恥ずかしいですが、失敗を経験した勇気については恥ずかしいとは思いません。だから、間違えれば間違うほど曖昧だったものが明瞭になっていき、正しくできたときには明確になるのだと思っています。

私の友人の皆さんへ。さしでがましいことかもしれませんが……ADHDとして生きていると、死にたいと思う瞬間が本当によくある気がします。本当に死にたいような気もしますし、死んだように隠れてしまいたい気もします。不名誉と羞恥と後悔に激しく襲われる出来事が多いから。それでも私たちはファニー・ファニー・ネイキッドとして一緒に生きていきましょう。私も無事に『老いたADHDの喜び』を書ける歳へと向かっていきますので。

　いつかお会いできたときには、皆さんの「誰もが生きてみたいと思うほどに輝いていた」瞬間についてもぜひお聞かせください。いつでも優秀な聴衆になれるよう、毎日のように耳をきれいに掃除してお待ちしています。

　いつでも応援しています。
　どうかお元気で、そして幸せでいてください。

　──チョン・ジウムとチョン・ジウムの本心が共同発信した手紙

Chapter 5

私と書くことと

他人

ＡＤＨＤ が 文 を 書 く ま で

　大人の ADHD だと診断を受けた日、医者以外にもカウン
セラーに会った。どんな先生だったかは覚えていないけれ
ど、文章がとても上手だと言ってくれた。その文章というの
は、私の症状を A4 用紙 3 枚に書いて病院に提出したものだ
った。

　2016年 2 月、私自身の被害者かつ被疑者として書かれた
証言は以下の通り。

　私は過去を反省しない。図々しいわけでも楽観的だからで
もなく、二日前のことすらよく覚えていないから。私の記憶
は水槽の中に沈んだコインみたいだ。ときどき水槽の外から
コインを見ることもあるけれど、そこまでは手が届かない。
すると水槽自体が頭の中から消えてしまう。

　意味のあることをしなければならないと思うけれど、それ
が何かわからない。私はドミノのように生きたい。なのに、

散らばったパズルのように生きている。私自身、自分を正しい場所にはめられない。

　自分が変わっているせいで他人の自由を害してしまわないよう努力している。なのにどうしてこんなことが起こってしまうのか理解できない。私は道徳だって学んだ。自分の人生をコントロールできないのは、すでにすべてのコントロールをばらまき、手放してしまっているからかもしれない。友だちや家族には特によくしてあげたいと思っている。でもときどきそれで心がとても疲れるから、何もかもうんざりする。

　私は考え事が多い。毎日、どんなときにも何かしら考えている。たいていは一瞬の思いつき。そのときどきで目に映ったものについて考えてしまい、それで目の前がぼやけてしまう。だから轢かれそうになったり、身体をぶつけたり、どこかに体当たりしたりする。

　自分がうつ病だと感じたことはない。うつ病というには、落ち込んだ気分が続かないから。そのあとは、ぼんやりしているけれど、ぼんやりしている間にも絶えず何かを考えてしまっておかしくなりそう。どうせならきれいさっぱりと空っ

ぽになれたらいいのに。

　いつも理解できないのは、好き嫌いがころころ変わること。昨日は妹が部屋に入ってくるのも嫌だったのに、今日は部屋を丸々明け渡してもいいと思うのだから。

　あーだこーだ書き連ねて、急に「頭が痛くて書けない」と書くのをやめていた。改めて見返すと、素晴らしい説明というよりも、自己憐憫をちまちまと羅列したものに過ぎない。自己憐憫というのはときに放射線よりも有害だから、あまりうまく書けているとも言えない。

　とはいえカウンセラーの先生は、真摯な感想を聞かせてくれた。

「いいですか、必ず長い文章を書くようにしてみてください」

　私に才能があり、長期のプロジェクトが治療にも役立つからと。当時、自分の頭がアホなウイルスの宿主だと判断された私には、その言葉がまるでワクチンのように思えた。突如、無性に作家になりたくなった。先生の応援に素晴らしい長編小説で応えたかった。

　でも何も書けなかった。

　私の症状は文学的な素養とは関係ないけれど、頭の中の断

片的な言葉を整理しようとするには、集中力との協力が欠かせなかった。でも前頭葉はちっとも協力してくれない。むしろ何かを書こうとするたびに、犬の群れを送り込むようにどかどかと雑念ばかり流し込んでくるのだ。

　白紙を前にして私の頭も真っ白になっていた。穴ぼこだらけの才能は災難でしかないと骨身にしみて感じた。前頭葉も我を失っているのに非現実的な現実を受け入れるのはしんどかった。

　私は長編を諦め、長編を望む気持ちさえ諦めてしまった。望まなければ、手にしようと必死になる必要もない。むしろ「さりげなく粋な」態度を心ゆくまで演じることができた。卑怯を通り越して陰気なほどの防衛反応だったけれど、そのときの私は本当に卑怯で陰気だったから、その何がいけないのかわからなかった。

「書くことになんて全然興味ない」──この言葉は「書きたい。でも全然できない」と言うより5000倍はクールに思えた。

　それに後者の場合、口にしたとたんに相手から「なんで？」と聞かれるから、よりいっそう惨めな感じがする。なんと説明するつもりなのか？　「私はノートが真っ黒になるまで意味もなく何かを書くことすらできないおバカさんだから、一から新しい文章なんて作れない」とでも言うのか？　そんな

ことはできなかった。

とにかく長い文章を書くように言われて私に書けたのは、私を死ぬほど苦しめた前職の社長の話だった。脂肪太りのそいつがマッサージチェアに挟まれて死ぬというお粗末な内容のコントだ。その文章が完全なゴミであるという点には疑いを持っているけれど、唯一ページ数がＡ４用紙15枚を超えた点では希望を持てた。

私はいつも疑問に思っていた。

誰かを殺してやりたいという思いが、たかだかＡ４用紙15枚分の文章を書く動機にしかならないのなら、200枚も書くような動機はどこから得ればいいのだろうか？　どうして自分は集中力がないという事実にだけは集中できるのだろうか？　私がヒヨコなら殻を割るし、建物の中に閉じ込められているのなら窓を割るだろうけど、頭の中の厄介な犬の群れのために頭を割ることはできない。

世の中にはこれほどたくさんの本があることを思うと、すでに誰かは集中力の自給自足に成功しているのだろう。いや、彼らは集中力の惑星の特権階級に選ばれているのだろう。それは素晴らしくて立派なことだけれど、私とはあまりに世界が違って悲しかった。

私は本の出版を成し遂げた人々に、いつも畏敬の念を抱い

ていた。もちろん、すべての本が素晴らしいとは思っていない。作家と出版社が、禿げつつあるアマゾンのジャングルに謝らねばならない本も多いだろう。では、どこが尊敬するに足りるのか？　何はともあれ原稿執筆から出版に至るまでのすべての過程において集中し、耐え忍んだということだ。彼らは集中し、耐え忍ぶことで自らの文章を市場に送り出して評価を受ける機会を得たけれど、私は失敗にすら失敗した人間だった。

　ADHDの診断を受けたあと、作家になるという夢はきっぱり捨てた。容量の足りない頭には夢見る時間も空間も足りなかった。夢は抽象的なものだけど、大きくするには現実での空間感覚が必要になる。当時、私の現実は絶望に囚われ何も残されておらず、目に見えるものもなく視野は毎日狭まっていった。書くのはもっぱら業務連絡やカカオトークのチャットだけだった時期も長かった。

　でも今では書籍1冊分の文章も書いているのだから、飛躍的な進歩を遂げたと思う。何かが変わったわけではない。相変わらず文章は下手だし、頭の中の犬の群れは雑念を生みだす。何を書いても、その文章の質に比べて多くの時間がかかっているのは言うまでもない。でも今は、ほんの小さな変化もとても大きな進歩だと思えるようになった。逆に大きな失

敗をしても小さな悲しみしか感じない。実力を伸ばそうとするのではなく自分の基準を設定し直したら多くのことが変わった。

　初めから完璧を望むと、結局は数限りない完璧から追い払われる。拙さに目をつむれば実行力が生まれるということ、そして、スタートを切らないことには進めないのだということを学んでいる。

　もし、これを読む誰かがADHDや何か別のことで悩んでいるなら、自分の能力や作業工程ではなく目標を変えてみるのはどうだろうか。ただ完璧になろうとするよりも、不足を補うことで完璧に近づこうとするほうがずっと簡単だ。不足は、なかなか悪くない仲間だ。私を名人にはしてくれないけれど、名人になるかどうかわからないアマチュアにはしてくれる。

「見る」読書

　多くのADHDの人たちは、読書を苦手とする。共通して言うのは、すでに読んだ部分をもう一度読んでもまるで馴染みがないように思えるのだということ。その感覚は私にもよくわかる。読み落とした文は一つもないのに、前の段落に戻るとまた新たな文章に感じる。まるで読んだことがないかのように……。

　読書は、ADHDが機能的な不便に直面して大きなショックを受けるきっかけであり、それゆえ、読むという行為からたちまち引き離してしまう。音痴の人が歌を嫌うように、本を避けるようになり、本でなくとも長文に出くわすと逃げ出すようになる。

　私も効率のいい本の読み方はできない。せっかちな性格ゆえに流し読みはするけれど、他の人たちみたくじっくり読むということができない。実のところ私は読書中毒というより活字中毒だ。読み物であれば百科事典であれ、「w」が散らばるネット上の面白話であれ、同じように感じる。周りからは

たくさんの本を読んでいると思われているけれど、たんに文学作品や雑学をよく知っているだけで、誤解だ。とはいえ、私にとっては都合のいい誤解なので、特に訂正はしていない。だから「ジウムさんはたくさん本を読むよね」と言われるたびに、うふふと笑っている。

　私は本を読んでいるのではなく、ただ見ている。眺めるだけでも一種の読書だと思っているから。昔、興味深い言葉を聞いて「見る」読書の効能を信じるようになった。実は私たちの脳は一度見たものをすべて記憶するという。忘れたと思っていても、とりあえずは記憶されているらしい。けれど長期記憶と短期記憶という概念があり、役に立たないと判断されたものは長期記憶に組み込まれる。恋人や両親の電話番号を覚えられるのは、短期記憶に保管される価値があるからだ。重要なのに忘れてしまうものは、脳の中の審判につまらないまたは価値がないと判断されたからである。長期記憶はふとしたときに思い浮かび、思いがけず脳裏をよぎるメモリーの総体だった。

　それを知ってから、失われたと思っていた単語や文章は、とりあえずは頭の中にあるにはあるのだと信じるようになった。つまり読書をすることで、私は頭の中のDドライブに囂

のかかった辞書を構築しているわけである。そのうちひらめくだろうと信じて言語体系を組み立てていくことは、自分に読書はできないと思いながらどんどんと読み進めていくよりもはるかに希望に満ちていた。

　読み進めても本の全体的な骨子をちっとも理解できないこと、２、３回読んでも読んだこと自体を覚えていないのは惨めだ。けれど、４、５回読む価値がある本をいくつか選んでおけばいい。私の好みは表現が豊かでレトリックが多い文章だ。思わず笑ってしまうほど面白いもの、何度読んでも心を打つものはなおさらである。そういう文章をいくつか選んでおき、退屈なときに眺めれば、何もしないよりは立派になれる。普通はいろいろな本を深く読み込むのがいいとされるけれど、私にとっていいのは、私がいつも面白みや感動を感じられる本だけだ。

　文学創作科の学生時代、私はあの有名な『土地』（朴景利著、金正出 監修、吉川凪・清水知佐子 訳、クオン）も『通貨戦争 影の支配者たちは世界統一通貨をめざす』（宋鴻兵著、橋本碩也 監訳、河本佳世 訳、武田ランダムハウスジャパン）も、『三国志』さえも読めず、自尊心が打ち砕かれた。同期の子たちが楽しんでできてしまうことが私にはできなかった。純文学や古典文学はたいてい退屈で、長すぎた。文学

が探求しようとする人間の本質や人生の逆説にはあまり興味が湧かなかった。すでに私の本質はみすぼらしく、私の症状は逆説だったからだ。作家を夢見ない理由はいろいろあったけれど、本が退屈だからでもあった。

退屈なものをどうして作ろうと思うだろうか？　ベストセラー作家の書いたものですら退屈なのに、ベストセラー作家でもない自分の書いたものが退屈でないはずがあるだろうか？　何度も考えるうちに、本を消費することからも生産することからも遠ざかっていった。

興味深いのは、本から離れたのも本へと戻ってきたのもどちらも ADHD が理由だったということだ。集中力がなくてじっとしていられない私は、普通の人よりも読書の必要に迫られることが多かった。

第一に、ものすごくおしゃべりだから。話の中に「私」が多すぎるとキモいし、「他人」が多すぎるとウザい。だから自分の発言の中に出てくる「私」の愚痴や「他人」への評価の割合を減らすべく本を探した。

「私、昨日また彼氏とけんかしちゃったんだよね」

「ねぇ、あの人、ちょっと変じゃない？」

「あの子のカカオトークのプロフィール写真見た？」

こういう言葉よりも、次のような言葉のほうがずっと疲れない気がした。

「昨日読んだ本に書かれてたことなんだけどさ、恋愛についてめちゃくちゃうまいこと言ってたんだよね」

「心理学者の本に書いてあったんだけど、ああいう人たちはこういう心理らしいよ」

「近頃じゃカカオトークに似たアプリも本に載ってたよ？」

　私があまりにうるさくしゃべるから耳を塞ぎたいという人たちを見て、おしゃべりな人間は話のネタをいろいろ用意しておく責任があるのだと学んだ。聞き手のことを思いやってこそ、聞き手の隣に私の居場所ができるのだ。おしゃべりを減らすことはできないため、会話の中にできるだけ多くの興味と洞察を入れ込むことを選んだ。作家たちがうんちを踏んだエピソードを書いた本を出版したとしても、それを話題にするほうが自分のプライベートをさらすよりよかった。

　第二に、一人でいる時間を作るためだ。

　一人でいるのは好きだけど、一人でいると怖くなる。一人でいる時間は決まって寂しさを感じた。誰にも求められないと、なぜか自分は価値がなく、孤独に閉じ込められた存在のように思えた。けれど孤独というのは無理やりにでも選んで

向き合うべきものだった。人が好きなほど、人との距離感を調整できなければいけない。一人になってみて初めて自分を一人にしないでいてくれる人たちのありがたさを知ることができた。周囲の人々の私に対する態度と、私の彼らに対する態度を同時に理解するには、一人でいる時間と空間が必要だった。

　彼氏といるときは彼氏が好きで、友だちといるときは友だちが好きで、家族といるときは家族がとても好きで客観的な判断ができなかった。ただ好きでいたいがために、諍いの種や感情の落ち込みに気づけなかった。そのときに気づいて解決していれば、私たちはみんな幸せだったのに、何も考えず後回しにして長いことみんなの気持ちを台無しにしていたように思う。

　こういうとき、ADHDの能力は輝きを放つ。私と同じくADHDの人たちは、好きな本を読んでいるときでさえ注意散漫になる。あるときには、ふと、読書中に湧く雑念が実は自分の隠れた本音ではないかという疑問が湧いた。だとしたら全然頭に入らないページにじっくり目を通すよりも、少し自分と向き合ってみるほうがいいと思った。普通は読書しようと本を開くだろうけれど、私は今自分が何を望んでいるのか知るために本を開くことも多かった。私にとって読書は密や

かかつ表面的な内面を映す鏡でもあった。本を開いたとたん
に過去の黒歴史が思い浮かぶときもあれば、ふと別れた恋人
を思い出すときもあった。そういうときは自分の本心が歴史
の中のどこかの地点にあるということを認め、考えたいこと
を思う存分考えた。目で本を流し読みしながらあれこれ悩む
ほうが、真面目にお酒を飲んで泣くより5000倍マシだった。

第三に、いわゆる「タルラ*¹」をうまく行うためだ。

ADHDの私はおしゃべりで、よく軽はずみなことを言っ
てしまう。衝動性と注意欠如が知らず知らずのうちに失言に
つながっているのだ。失言したとき、豊富な語彙は気まずい
雰囲気を一変させる手段となる。語彙が豊富であればユーモ
アも増え、ユーモアが成功する確率も高くなるからだ。ユー
モアは自分の失言を覆すのにも役に立った。私は顔を赤らめ
ることなく、「私が間違っていました」「私の誤解でした」と
言えた。その才能は失敗の多い人間の日常を救ってくれた。
高度なユーモアは起こりうる争いを未然に防ぎ、起こった争
いに和解をもたらし、相手の感情を変えて私の印象までも覆
すことができた。ローラースケートを練習する子どものよう

---

*1　意図せず相手の家族を悪く言ってしまったときに、急いで誉め言葉に言い直す行為のこと。映画
『クール・ランニング』の一場面に由来する。

に、何度もケガをしながら、不快を愉快に変える過程を学んだ。そのとき得た能力は私の年齢とともに成長している。

　人文学だろうと明るいギャグ漫画だろうとなんでもよく、活字を読み続けて頭の中の語彙の引き出しを増やさなければならなかった。読むだけで言葉や文章が会得できるという仮定が正しいならば、一番効果的なのはやはり教科書を読むことだ。教科書が一番、文字がぎっしり詰まっていて、正しく編纂されたものだからだ。本を読み、使える言葉を増やすと、「ごめん」以外の1000通りの謝り方を知ることができる。みかんを１個もらったときとみかんを１箱もらったとき、みかん畑をもらったときの感謝の表現方法を自在に変えられる。

「みかん！　ありがとう」

「みかんを１箱もくれるなんて、本当にありがとう」

「私にみかん畑をくださるんですか？　ありがとうございます」

　こうした言葉は単調で、ただの感謝の言葉だけだと、ときにはあまり感謝していないように聞こえてしまう。

「とてもいい香りのみかんですね。なんだかディフューザーをもらったみたい」

「どうしてみかんを１箱も？　これからはあなたをみかん姫って呼ぼうかな」

「私の将来の夢は、明るいみかん農園のオーナーになることです。だって、あなたがくれた貴重なみかん畑を世界一にしたいですから。決して死なずに命がけで育てます」

　もちろんこれは私のやり方であり、大げさかもしれないが、無愛想と大げさの間を行ったり来たりしながら適切な反応を探るのである。控えめさを本で学びながら、どうしても行き過ぎてしまう自分の行動を抑えていけばいい。きちんと正しく感謝し、謝罪するたびに、自分は社会にうまく溶け込んでいると満足できる。

　第四に、自分自身にとって楽しい存在であるためだ。

　すぐに外へと出かけたくなり、一瞬たりとも自分に集中したくなくて、他人にばかり自己投影したくなるのはなぜだろう？　自分の内面に集中したとたん、情けなくて面白くないという結論が出てしまいそうな気がするからかもしれない。自分について掘り下げて、その結果出た「人間のクズ」という結論に首を絞められるくらいなら、好きな人たちのあとをついて回るほうが安全だ。けれど他人の側にいるには、思った以上に多くのリソースを消耗する。時間、お金、配慮、低姿勢、偽りの共感、作り笑い、怒りの沈静など……次々と失われる個人資産（リソース）を貯めるには、他人との関係に固執するより

も、自分自身を楽しい存在に変えるほうがいい。このときに必要なのは素晴らしさではなく、単純で原始的な楽しみだ。ただもっと興味深い人間になろうと誓うのである。

　自分が世界で一番楽しい存在なら、当然私は自分自身と遊びたくなる。他人と遊ぶことが減れば、悲しいことが減る。捨てられる心配、嫌われる心配、実際に捨てられたり嫌われたりすることで生じる諸々の心配が減るからだ。何よりも、そんなことが起きたとしても以前のようには怖くはない。私には私がいるから、永遠に一人で寂しくなることはない。

　自分自身を、用意された協力者と見なすにはどうすればいいか長い間考えていた。私が見つけた解決策は、なんとしてでも頑張って楽しい人になることだった。多くの楽しみを追求するためには多くを知る必要がある。そのため、結局はまた本を開くことになった。読書は真実と知識を教えてくれる最も親切な手段だ。ひたすら私のニーズを満たしてくれるし、関係を続けなければという負担を感じずに済む。私にアピールするわけでも何をねだるわけでもなく、とても静かで小さな存在。本は執筆にかかる苦労だけでもすでに完璧で、私がわざわざ意識して価値を見出してあげる必要のない存在のようだった。定期的に近況を尋ねなければならない友人でもなければ、私に説教ばかりする大人でもない。だから私た

ちは不器用ながらも仲良くなれた。長いこと本から目をそら
していたとしても特に謝る必要もなく、ただ開きさえすれば
仲直りできる。

　本に生命が宿って話したり歩いたりできたなら、私の本棚
の本たちはたちまち私のもとから去っていくかもしれない。
「俺たち、こんなバカなやつの家で無視されてないで、さっさ
と出ていこう！」と移民用のパスポートを持ち出すかも。で
も私は、本がなんでもできる魔法使いになったとしても、私
のもとから離れていかないことを知っている。本から離れる
のはいつだって私だったし、再び舞い戻ってくるのもいつだ
って私だった。互いを理解できなくても、こんなにも恍惚とさ
せられるのだから、読書は眺めるだけで素晴らしい世界だ。

あなたをやきもきさせたこと、
後悔しています

　ADHDの人間は、頭がおかしいとよく言われる。ここには肯定的な意味などまったくなく、蔑みに満ちた表現で悲しくなる。悲しみに集中することができないというのは、悲しくないということではない。だから私は無理解の壁に直面するたびに、ほんの少しずつ小さくなっている。

　だけどADHDの周りの人たちの苦しみもわかる。ADHDの特性のせいで必ず他人に迷惑をかけるという意味でもある。私を産んだから、生まれてみたら私の姉または妹だったから、仲がいいから、一緒に働いているから、付き合っているから──そうした理由で、むやみに私の失敗を受け止める義務はない。以前は、誰かが私のことで我慢する状況自体が機会であり機会の制約でもあることを知らなかった。だから何度も傷ついたし、いろんな人を失った。大きな失敗をしたからではない。周りを怒らせたのは、失敗の大小というより頻度だった。これまでずっと忠告を聞かない子として生きてきた私への評価は以下の通りだ。

1 十分説明したのに「なんで？　いつ？　誰が？　私が？
　　違うけど？　知らないの？　なんでわかるの？」と聞き
　　返す。

2 年甲斐もないことをしでかす。無謀な決定、粗末な計
　　画、時と場所を選ばない空想や妄想など。

3 どうでもいいような物に執着し、言葉尻をとらえる。

4 周囲を散らかす。物を元の場所に戻さない。

5 命令であれ、グループの便宜のために全員が合意したル
　　ールであれ、規則に従わない。

6 何も考えずにしゃべる。考えていれば、言わなかったで
　　あろうことを。

7 バカなのか相手をバカにしているのか、混乱させる。

8 何をするにも二度手間をかけさせる。

9 おしゃべりだけど、その半分以上はくだらない話だ。そ
　　のため会話が薄っぺらい。

10 連絡事項を熟知せず、忘れ物は当たり前。

11 よく壊し、よく落とし、よくなくす。本人もよくケガを
　　する。

12 よく文句を言うわりに、どうしてほしいのかわからない。

13 たまたま興味を持った事柄、人、趣味に本能的な執着を

示す。

14　無理やり掘り下げて、途中で無理やり停止する。

15　すべての判断基準は自分で、個人の自由と相手の配慮の境界線がわからない。

16　機嫌が悪いと一人の世界に閉じこもりっきりになる。

17　順序がねじ曲げられた記憶を事実だと思い込む。

18　娯楽（金、酒、薬、買い物、賭け事またはその類い）に対する制御を容易く失う。

19　相手の反応の裏にほのめかされた感情に気づけない。空気が読めない、または他人に無関心に見える。

20　その他多数。

　これらのものより広範囲な問題が私の生活のいたるところに潜んでいる。殴ってやりたくても、とうていそんなことは許されない家族、友だち、恋人、上司、部下、同僚として、人々の側にとどまった。聞くところによると、私が最悪なのは「変わるようでいて変わらず、結局は人をうんざりさせる点」らしい。真実はどうであれ、私が一番嫌だったのは、わざとだと誤解されることだった。

　多くの人が私の至らない行動に対して「わざとなの？」と聞いてきた。答えもしないうちからすでに腹が立っていた。

そう聞かれると、頭を開いて見せてでも潔白を証明したいと思った。頭を開くことができないなら、胸でもいいから開きたかった。私は相手が一番嫌う反応もよくわかっていて、ときにはあえてそういう反応をした。たいていは「そんなことくらいでとやかく言うな」と言えば、彼らは烈火のごとく怒り出す。すでに私の与えた過度なストレスが「そんなこと」の領域を超えているのに、当の本人がのんきなことを言うのだから、怒るのも当たり前だ。とりあえず1、2発やりあえば大きな波風が立ち始める。

「勝手にすればいい。どうせ言うことなんて聞きゃしないんだから」

「私が勝手にしたことなんて一度もない！」

「いっつもいっつもお前にはほんとがっかりだよ」

「なんで今さら嫌だなんて言うわけ？」

　そうすると結局出てくる言葉はこれだ。「いい加減、少しはしっかりしてくれ」

　こう言われたらもう何も言い返せなかった。私だってしっかりしたいと思っている。だけど、そう思ったからといってご飯を準備するみたいに簡単にできることではなかった。食卓を足蹴にすることはできても韓定食のようにきれいに配膳することはできないのだ。

私はこのときから進展する見込みのなくなった関係を避けるようになった。「私のもとを去っていった人」の中では、私が先手を打って縁を切った人のほうが多い。すでに異常を感知した人に対しては、私の意見を披露する意志や勇気が湧かなかった。一つ一つ打ち明けたみすぼらしい本心さえ「普通と違うこと」の証拠にしか思われないとしたら、その失望と落胆に自分が耐えられるのか恐ろしかった。

　しつこいようだがさらに言い訳するならば……私はもともと「わざとそうした」ことはなかった。何かの行動を事前に思い描いて実現させられるほど自らを律せるタイプではなかったのだから。そんなことができたならば、私は最初から賢くて真面目な人を演じて素晴らしい人になっていただろう。人々が私にアフターサービスの必要性を感じたのは、私が本当に壊れていただけだからで、それ以外にはありえなかった。

　だから彼らが地獄そのもので、私が善意の被害者だったのかと聞かれれば、当然違う。被害者はやはり私の知人たちだったと思う。悲しいことに、何度も指摘されて覚えてしまいそうな20個の証言はすべて事実だからだ。私は返すことのできない忍耐を他人からむやみに引き出して使うのは、感情の借金みたいだということを知らなかった。関係というのは

そういうものだ。相手が譲歩すればするほど自分の人生は楽になる。私の負けの決め手は、楽を知るたびに相手の好意を搾取することにあった。一つ差し出されれば、二つくれと言い、二つを受け取ったあとには三つ取った。「まともなあんたがちょっと我慢してよ」――そんな願いをほのめかしていたのかもしれない。

今よりもっと若かったときの私は、周りを思い切り引っかき回しながらも混乱を目にするのを恐れる臆病者だった。だから私の未熟さが他人の成熟さを害するときも、本質を見ずに逃げた。この男と終わったらあの男へと。この友だちが去ったら、今度はあの友だちのもとへ……母と生活パターンが合わなければ家を出て、会社に嫌な人がいれば辞めた。私の足にモーターと羽が一度に付いたのだろうと思っていたけれど、実は一歩も動けず、よどんでいた時間だった。

去っていった人たち、私が見送った人たちは、私のことをどう記憶しているだろうか？　私は彼らを完全に解放するという名目のもと、すべて忘れた。ADHDの数少ない順機能は悪い思い出を容易く忘れられること。私は忘れてはいけないことを忘れてしまう代わりに、忘れたいことは削除するみたく、なくせる能力を得たようだ。

けれど逃げてみると、結局は元の場所にいることに気づ

き、忘れた過去を持ちだして整列し直しているところだ。あのとき当然ながらしなければならなかった反省の中から抜け落ちたものがあるのか確かめてみている。あまりにも多くてまた忘れるかもしれないし、反省する人間になることにもすぐ飽きるかもしれないけど、悪態ばかりついていた日々を思えば、考えてみる決心をしただけでも、なかなか悪くないと思う。

ＡＤＨＤだと言おうか、
言うまいか

　ＡＤＨＤの診断を受けたあと、私を悩ませ続けた衝動は「ＡＤＨＤだと言おうか、言うまいか」だった。親密な仲になりそうな人ができるたびに悩みは深くなり、まだ結論も出ないうちにお酒の席などでふいに打ち明けたりしてしまった。ＡＤＨＤであるがゆえに、ＡＤＨＤであることを打ち明けようとする衝動を抑えられない私は、苦労してまで危険の中に飛び込もうとする人間のようだった。

　私は神に誓って口の軽い人間ではない。他人の秘密を守って誇りを抱き、漏れ出そうな隙間を埋める繊細さも持ち合わせていた。けれど自分の秘密を守ることに関してだけは、容赦なくＤマイナスの落第点を付けられる。外で人の輪に混ざってしまった私は、寝る前の私を悶えさせるくらいクールになるようだった。そのおかげで室外の私と室内の私が争い始める。「なんで言ったの？」と「だって言いたかったから」の繰り返しだった。相手の反応によって自己認識も揺れた。た・か・がＡＤＨＤだと言われれば、さ・れ・どＡＤＨＤだと思ったし、

完治しないことを慰められれば、「命に関わるわけでもない
のに？」と言いたくなった。

　打ち明けてしまいたいという衝動は、私の罪悪感からだっ
た。ADHDより大きな秘密を抱えたことのなかった私は診
断以降、突如自分に発令された秘密警報にいてもたっても
いられなかった。愛する人たちに対して秘密を作るなんて、と
てもいけないことのように思えた。完全な透明を維持できな
ければ、何かを隠している素振りを見せてしまうだろうし、
はっきりしない私からみんなが離れていくような気がした。
その想像の先には孤立した自分がいた。そのときの私は、不
安のあまりあらゆる勘違いを宝物のように抱きしめて生きて
いた。なんの基準もなく、正誤の判断を下すこともできなか
った。

　あの人は私を好きなのか、嫌いなのか？　精神科に対して
どのくらいの偏見を持っているのか？　私を好きだから偏見
を捨ててくれるだろうか？　ひょっとしたらかわいそうだと
思ってくれる？　もしかして私の不幸を幸せの材料だと見な
すのではないだろうか？　けれど最も優先すべきは、他人に
ついて考えを巡らすことではなく、自分自身がADHDをどの
程度受け入れているのかをひたすら考えることだった。
ADHDに対する自分の考えが曖昧ならば、他人の反応にも曖

昧さしか感じられない。慰めも慰めのようではなく、沈黙は決まって非難のようだった。でもそれは事実の歪曲だ。私にはどんな慰めも効かないし、沈黙には空白の間が多いのだから、自分自身の考えが他人の口を借りて力を得ているだけだ。だからADHDを恥だと思っていた頃は、誰に秘密を打ち明けてもすっきりしなかった。

「大丈夫だよ！　そんなふうには見えないから」

「うちの会社にもいるよ。ほんと、いっつもヤバイ人みたいに歩き回ってて……」

「えっ！　私の知ってる子もADHDらしいけど、まともだったよ？」

「じゃあ、いつも精神科に行ってるの？　大変だね」

　あらゆる人のあらゆる反応に「結局私は一人だ」と傷ついた。他人に肯定されても力を得られないばかりか、少し否定されただけですべての力を失った。多くの時間を犠牲にしてようやく、ADHDに対する心配そのものをなくすことができた。あとのほうでは、うんざりして何がどうなってもいいやと思っていた。ADHDは私から離れないし、私もADHDから離れられない。誰も私を治せないし、私の症状のことで私ほどに苦しむことはできない。できない、できない、できない。ジェンガのブロックのように抜き取られる「できない」

を集めたら、ついに完璧な崩壊を得た。「得た」と書くのは諦めることでようやく勢力図がひっくり返ったからだ。完敗するのは特別な感覚だった。虚脱感があり、新しい感じもして、怒りがこみ上げながらも安心した。そのときの私は未来を少し見た。これからもこんなふうに人生に打ち勝っていけそうな気がした。厳しい戦いを続ける代わりに「負けた」と認めることができたなら、いっそのこといつもきれいさっぱり負けることができたなら、それはもはや次の段階を考えるための機動力だと思ってもよかった。

　今でも誰かに自分のADHDについて打ち明けるかどうか悩まないわけではない。

　厳密に言えばADHDは個人情報なので、やたらに知られないように注意する必要はある。メールアドレスやSNSのアカウント、携帯電話の番号と同じように考えれば誰に教えるかを判断しやすいだろう。家族でも教えたくないと思えば教えないし、初めて会った人でも必要に応じて話すことはできる。重要なのは、情報の公開可否を自分で判断できること。自分の診断名を、連絡事項のように、自由掲示板のように、レビューイベントのように扱いそうな人には教えなくていい。

　それでも迷うときには最後の関門のように自分自身に問

う。ADHDがバレそうになったとき、事実はわからないけれど、なぜかバレたような気がするとき、私は自分が信じていた相手を最後まで信じ切れるのか？　「誰にも言ってない」という相手の言葉を、家に帰ってから疑わない自信はあるか？こうした問いにはっきりと「イエス」と答えられないならば、秘密を打ち明けないほうがいい。もともと信頼できる人にだけ話し、話したあとにはその人を疑ってはいけない。

　秘密というのは、好きでいたいだけの間柄でやたらと差し出すものではない。秘密で秘密を交換してもいけない。秘密の大きさが私の心の大きさでもなく、他人に分け与えたからといって半分に減ることなどないのだから。

　ADHDがうっとうしいという思いに変わりはないけれど、その事実に攻撃されていた防御体系が変わった。私の秘密は私に対してすら神聖さを失い、もはや秘密ではなくなった。今では「ADHDであることを隠そうかどうか」より、どうして隠さなければならないのかを問う。ADHDだという事実を打ち明けても大丈夫かどうか長い間悩んでいた私自身を振り返りながら、今ではそれがまったくムダな悩みになることを願っている。

うつ病の薬より
書くことを信じて

　実のところ私は生きるのに忙しく、文章力もさほどない。それでも書くのは、書くことのデトックス効果を信じているからだ。ご飯を食べて用を足すように、心にも排出口が必要だ。食べ物は胃腸が勝手に消化してくれるけれど、心というのは空っぽにしなければ濁っていくだけだから、精神的な排泄が急がれる。

　私がうつ病患者を代表することはできないけれど、私のうつには薬よりも文章を書くほうが有効だった。書いた文章は公開することもあれば、この世から永遠に追放することもある。過去の私が抗うつ剤を服用することもあれば捨てることもあったように、文章の扱いも雑だった。けれどどんなに下手くそな文章でも、書く前よりも気分がすっきりするという点においては薬より効果があったと言える。私は抗うつ剤を飲むと、気分がいっそう落ち込んだ。でも文章にはそんな副作用はない。逆に、やや不快な高揚感に苛まれることが多かった。それは自身を肯定したことのない者特有の警戒心の表

れだった。私は完璧とはほど遠い30ほどの文章を書いてようやく、どんな相談、会話、診療、労働でも感じられなかった自由さと開放感を得たことに気づいた。

　心を決めさえすれば、文章の中の私は天使にもイルカにもなれた。僧侶やホームレス、30歳の次期大統領にもなれた。反対に、大統領になるのを拒否した30歳になるのも容易かった。もう少し広範囲で歴史をいじって私を組み込むならば、ニール・アームストロングの代わりに月に行った最初の人間や女性のガリバーになることもできた。けれど何にでもなれると思うと、なぜか切実に自分自身になりたくなった。それは不思議と涙が出るような感覚だった。つまらないし、醜いし、バカだし、かわいくもないのに、よりによってどうして自分なんかになりたいと思ったのかわからない。他人になりたければ小説を書いてみただろう。振り返ってみると、私は自分自身になりたいと思ったというより、自分自身を救いたいと思ったのかもしれない。

　文章を書こうと決心する前の私は、どこか危うく傲慢で退屈だった。私は今やその三つの特性までも文章に溶かして燃料とする作家になることを夢見ている。時が経ち、最終的にどんな姿になるかはわからないけれど、大韓民国で育ち、30歳になった若者が作家になれる可能性を信じるのがどれほど

難しいかはわかっている。

　自己実現の手段がどうして文章を書くことなのかについては、別に運命的なものがあってのことではない。あけすけに言えば、私は絵も描けず、歌も下手で、踊りも踊れないからに過ぎない。多彩な趣味もなく、多彩な趣味に対する情熱もない。私は、趣味を通じての人付き合いも嫌うベッドの中のモグラだった。私にできることは、ムダに文章を書いては消して、余暇の使い方を変えていくことだけで、それが思いのほか悪くなかっただけのこと。

　余暇に文章を書く自分が急にかっこよく思えた。私はそうした勘違いを必ず抹殺する否定的な人間だったのに、文章を書くために頭を絞ったからか、やや幻想的な人間になったらしい。ひょっとすると私は文章を用いて、自分がかっこいい人間だという勘違いに火をつけたかったのかもしれない。けれど誤解だろうと勘違いだろうと、燃え続ければ不純物も火種になると信じるようになった。立派になっていく過程は大して立派ではないけれど、それをわかっていながら継続するのはすごいことなのだと確信した。自分のことをあまり信じられない私は、何かを確信することもあまりない。でも立派ではない自分がだんだんとその方向に近づきつつあるのは明確だった。

文章を書くための最低限の要件は人それぞれ違うだろうが、私の場合は「かっこよさを諦めること」だ。文章を書くのに特別な装備は要らないため、心構えがすなわち装備になる。私は美しい文章や華やかな文章が好きだけれど、自分では書けなかった。感受性や実力で劣る私が長所として利用できるのは、バカ正直さの一つしかなさそうだった。

　だから私の恥ずかしい文章は、もっとくだらなく醜くなるため、汚らしく悲痛な記憶をそのまま剝製にするために書かれる。悪いものはいったん取り出して細かくばらしてみないと、これから愛するのか、永遠に憎むのか決められなかった。不思議なことに、一度書いてみると、嫌なことたちと少し親しくなったような感じがした。二度書くと、悪感情とは他人行儀の友だちになった。三度、四度ともなるといつのまにかあらゆる否定までも放しがたい人生の一部に昇華されたような気がした。

　私の中の陰湿な洞窟を隅々まで調べるのにはうんざりしていたけれど、その洞窟の一画に焚き火を起こそうと決めたのは不思議だった。江南で蛍の群れに出会っても、これより非現実的ではないだろうと私は長いこと感謝した。現実に押さえつけられていた私にとっては、弱気な一握りの非現実が宇宙ほどの広がりを持った。何かを書くと、月よりも遠い場所

にいるような気がしていた眠りが飛んできてくれるのもよかった。単語と文章とそうしたこととがあいまって、バラバラだった頭の中が真っ暗闇に包まれる感じがして安らいだ。

　けれど文章を書くことが私に与えてくれるのは、活力だけではなかった。私は手っ取り早い魔法を探し回っていたけれど、残念ながら文章にはそんな類いの便利な方法は通用しない。むしろ悲劇的なほどに現実的だ。だから最大の足枷もまた私の現実に対する認識だった。

　私に上手く書ける？　たぶん書けない。文章にするだけのドラマが私にある？　たぶんない。私の文章を読んで感銘を受ける人が果たしている？　たぶんいない。いるとしたら、たんにその人が優しいだけ……。そうした仮定の数々は長い間私を押さえつけた。根拠のない確信がどれほど重たかったことか、決して書かないという決心を死守しようと、数年があっという間に過ぎてしまった。もう少し早く書き始めていれば、もう少し早く成長しただろうに。成長し切った身体でよちよち歩きをしようとすると、いたずらに意地悪になって、嘆かわしく思うときがあった。世間はこういう歪んだ心を「劣等感」と呼ぶ。私は嫌になるくらいその表現に同意し気恥ずかしくなったり、気張ったりした。

　でも長いことためらっていただけに、ためらうことについ

てはたくさん書けると信じている。時間は変化し、流れて、止まってよどむけれど、実際は公平だから私がムダにした時間も結局は人生を上映する装置だったと思っている。ある種の信頼は厚いほどに従わせる力がある。私が文章に対して持つ信念、持とうとしている信念がすべてそうだ。私は文章を通じて新しい世界を開くことになるだろうか？　もしかすると、まずは包まれた私を取り出そうと文章のほうからやって来てくれるかもしれない。私はすべてにおいて密封よりは開封のほうがいいと考えながら、やや幻想的でだいぶ歪んだ私について書く。抗うつ剤を飲まなくてもひるむことなく、今夜のうつを消費している最中だ。

完全無欠の優しさ

　しんどいときは耳に痛い忠告や骨身にしみる助言をまず遠ざけた。それらは酸性だからアルカリ性のうつをもった私には酸っぱい味がした。酸っぱすぎるものを食べると、わけもなく涙が出て全身の力も抜けるから、私は世界全体がもう少し中性寄りにならないだろうかと願うようになった。

　中性と言っても大したことはない。理解されたいという考えなしの欲求が許され、私みたく過敏で耐久性のない人間の羞恥心も鈍ることのできる環境を意味する。人々が互いを値踏みせずにかわいがると約束するならば、世の中の酸味も私の人生の苦みも自然と中和される気がした。

　けれど世の中は私のために変わるつもりがないように見えた。冷淡さを避ける私の態度も他人の目にはか弱く映っているようだった。結局私は耳の痛い忠告や骨身にしみる助言の前に何度も連れ出された。知人たちは、私は現実を知るべきだと考え、私はすでに知っていると考えた。

「あんたは子どもなの?」

違う。私はもう大人といって然るべき三十路だ。

「いつまであんたにかまってあげなきゃいけないの？　あんたのことにばっかりかまってられないの」

　そのとおりだ。誰にも私にかまう義務はなく、私もまたそんな権利を与えたことはない。誰かが私のことを受け入れてくれて、私のことだけを受け入れてくれるなら、私がその人に依存して決定的に壊れてしまうのは明らかだった。ごまかしながら30年をムダに過ごして気づいたのは、世界で一番温かいのも冷たいのも結局は人間だということだ。やけどしたり凍えたりするのが嫌ならば、人との距離を狭めすぎてはいけない。

　けれど人生に疲れた私は、ふいに寂しくなって、自分の卑しさやみすぼらしさをどこかにすべて委ねてしまいたくなった。一人で立たなければならないたびに完全無欠な優しさを切実に求めた。

　完全な私の味方。

　それは決して夫のようなものではないはずだった。それに両親には私以外にも二人の娘がいる。父と母が私たち姉妹に公平であればあるほど完璧な私の味方は遠のいた。友だちもまた別の友だちがいて、彼氏は去っていくために少しの間とどまっている存在だからなおさら無理だった。一番いいのは

ネコだったけど、双方向の意思疎通ができなかった。

　それなら私は誰の愛と理解を得ればいいのか？　いったい誰がこんなにもダメダメな私を無条件で愛してくれるのか？　それに、私に利用されるうえに見返りを求めない人でなければならなかった。至らない私を成長させようとするのではなく、むしろそのままでいられるよう力を尽くしてくれること。それこそがまさに私が求めている完全無欠の優しさだ。

・どの条件も不可能なことに思えたけれど、それでもそれが可能な人を一人だけ知っていた。その人は、本人さえ心を決めれば、求められること以上に私によくしてくれるだろう。私を最上級の幸せに浸らせ、お金では決して買うことのできない慰めや応援を浴びせてくれる。その人が私のためにできることは、計り知れない。そんなに素敵な人が今まで私に目もくれなかったのはなぜか。私自身がその人を欲していなかったからだ。その人に価値があると考えたこと自体なかったからだ。むしろ生きている間ずっと、その人を追いやり、粗を探してきたのではなかったか？

　申し訳ない気持ちを込めて、何度耳にしても直接口に出すのが気まずい名前を呼んでみる。返事は聞こえなかったけれど、腹の底から何かがこみ上げてくる感じがする。それは説明できない類いの連帯感と満足感だ。

私が呼んだのは、私だ。

　結局私にとっては、私だけが効果をもたらす唯一の存在なのだ。私にはいかにも私らしい美しさがあって、自分以外の全員に間違った解釈を与えた。最後の誤解の数々に対する一つの答えは、それらをいっそのこと解かないこと。私はただ私にだけ私のことを釈明する。ときにはそれすら必要ない。私たちは言葉を口にするのをやめ、文にして分かち合い始めた。

　私の文章はその会話の記録だ。

秘密の天才と
天才ハンター

　天才ではない人間が天才になるにはどうしたらいいのか？
天才ではないということだけは確実であるなら、二つのこと
を試してみることができる。これらの方法は、自分が天才で
はないということを骨の髄までわかっている人間、それゆえ
長いこと悲しみに暮れてきた人間、これからは下着のように
まとっていた悲しみまでさっと脱いでしまおうと心に決めた
人間にだけ有効だ。信じられないとしても、来世で本当の天
才に生まれることより手っ取り早いと思う。

　一つ目は「こっそりと」自分だけが知っている秘密の天才
になることだ。

　生まれつきの天才の役割を辞退して生まれた人たちは、一
生の間、生まれたあとで天才になる機会を得る。特別な天才の
資質を与えられなかったのだから、自分だけの天才の資質を
デザインできる。後発者は、より密やかに天才の資質を発掘
しなければならない。人々は自分よりできる人間に両価感情
^{アンビバレンス}

を感じるからだ。「おい、ちょっとこいつ見てみろよ！」と初めは不思議に思って興味をそそられる。けれどそれが落ち着いたとたん、「いいか、俺がこいつを仕留めるとこをちゃんと見とけよ！」というように天才狩りをするのだ。私を捕まえたところで褒賞金など一文も手に入らないのに、明らかに自分と同族ではない私を罪悪感なく征服したり、収集したりする。

　誰にも知られていない素晴らしさを見つけ、それを決して人に漏らさなければ、人々を騙す天才の資質まで手に入れることになる。だから目立った分野の天才になる必要はない。重要なのは「こっそりと」である。だから秘密の天才になりやすい分野だけを探そう。これに倣うと、私はきれいさっぱり忘れる天才、寝っ転がる天才、やることを先延ばしする天才、頭をぶつける天才だ。

　ある日、会社の回転ドアにおでこを強くぶつけたせいで、頭をぶつける天才の資質をさらしてしまった。「頭をぶつける秘密の天才」という称号は「ゴンッ！」のあと「いったぁ！」「えっ！　大丈夫ですか？」という騒ぎとともに剥奪された。すると驚くべきことが起こった。自分は「恥ずかしくても笑う天才」だということに気づいたのだ。私の話はバカらしいだろうか？　それならば私は「バカらしい話をする」

天才ということになるのだけれど、この文章でそれがバレたので「バカらしい話をしてバレる天才」になった。

　秘密の天才たちは、自身の本質を掘り下げ、サディストみたいな難題に囚われてしまう。

「私がほんのわずかでも天才ならば、どうしてそれが不幸になるというのか？」

　この問いを何度も繰り返すのは、マゾヒストみたいだ。とにかくこれは生まれつきの天才たちですら解き明かせない大きな謎だ。もはや運命と言っても無責任ではないほどの真理だけれど、天才はその優秀さの代償として一般人の数百倍もの孤独感を背負う。それは、憂うつだ。自分だけ全世界の人間に理解してもらえないという孤立感だ。世間は天才たちに人知れず完全な人間であってほしいと願い、一人でいる時間をひたすら押しつけている気がする。

「一人になってみて初めて、自分だけのものを見つけられるんだ」。私には聞こえない、ひそひそ話をしているみたいだ。

　高所得者が多額の税金に悩まされるように、天才の資質が多い者たちも過度な孤独感を強いられる。逆に言えば、孤独であるほど天才の領域に深く入り込んでいるという証しだ。自分の支払う孤独が不当に思えるならば、一日でも早く、自分は人知れぬ天才なのではないかと疑うべきだ。自分が秘密

の天才だということを認めれば、その分野はすぐにわかるだろう。

　二つ目は、天才ハンターたちから大切な天才の資質を守る努力をすることだ。切り立った山も、人間に本当に削られてしまえば山ではなくなるように、天才の資質もまた、いくらでも損なわれてしまう。天才ハンターたちは、私を見下すためにいろいろ言う。

「おつむをどっかに置いてきたのか？　頭おかしいんじゃねーの？」

「お前みたいにマヌケな怠け者は初めて見る」

「お前に何ができるんだよ？　どうせできないんだから諦めろ」

「お前って本当におかしいよな」

　こうしたこと、もしくはこれよりもひどいことが、天才ハンターたちの戦略的な言葉の暴力だ。このときの対応として一番穏やかなのは、言葉に惑わされることなく暴力自体を無力化することだ。惑わされないとあえて宣言する必要はない。そんなことをすれば、天才ハンターたちの凶暴な征服欲をさらに掻き立て、彼らを興奮させて不必要な次の戦いを引き起こしてしまうからだ。騒がしい争いは「こっそりと」天

才になった私にとっては本当に厄介だ。そういうときはただ「わかった、（あんたに見つからないように）気をつける」と消火器の粉を振りかけるように火種を消せばいい。

　自分が天才で、相手が天才ハンターのとき、互いの劇的な理解はかなわない。天才ハンターは必ずしも遠くにいるわけではない。悲しく皮肉なことに、彼らはたいてい自分の知っている人間だ。愛する家族、恋人、友だち、同僚と仲良くできないのも彼らの隠れた役割が天才ハンターだからだ。自分を害してでもしたたかに自分らしく生きていこうという決心自体が、か弱き天才の資質なのに、彼らは絶対に私をありのままに認めてはくれない。私が悲しみに打ちのめされ、薄っぺらくなって結局ぺちゃんこになるまで、ぺちゃんこになりすぎて夏の掛け布団みたいな薄さでベッドにべったり張りつくまで、忠告などの総攻撃をやめない。

　鏡を見ると、貧弱な天才論を展開して不安に震える私がいる。なんだかんだ言っても私は不安と猜疑心において一番の天才だから。でも自分がバカだという勘違いには完全に飽きてしまった。とてもそれを続けてはいられないから、別の勘違いでも借りようか。勘違いであれ決心であれ、このバカ談義を覆せるならば、喜んで拝借しようと思っている。潔白すぎたり気難しすぎたりするものは天才ハンターたちの徳目だ

から、反対方向に逃げる私は潔白からかなり遠くてもかまわない。

Column 5

幸せをデザインする
ＡＤＨＤとして生きる

このタイトルの半分は嘘だ。ADHD はコンサータ 72 mg を毎日がっつり飲んでも完全には克服できない。それでもコツをつかめばずっとマシになる。私は他人から肯定されたいと思うことをやめ、一人で幸せになろうと決めた。だから私が幸せを感じるためのコツをいくつか紹介したい。

1 お腹が空く前に食べる。

これだけでも人生を台無しにする、衝動に駆られた決定の数々をかなり防げる。なぜかはわからないけれど、私はお腹が空いたときに食べるものがないと、食べられないものでも買ってしまう。気が急くあまりにタクシーに乗って、周りの人にずっと駄々をこねる。毎回、野生動物のように腹を空かせる私を、ときに知人たちは理解できない。それでけんかになる。空腹は人間関係にもよくないのである。

2 他人の言うことに囚われすぎない。

他人の言うことは、すべて聞き流しているけれど、ときおりなぜか心をえぐる言葉がある。言った本人はもはや忘れているであろう、些細でたわいない言葉。昔はそれを掘り下げて、怒りの原因を繰り返し分析していたけれど、今ではあえて全然違うことを考える。「あんたはなんで少しの間もじっとしていられないの？」と言われても「イーロン・マスクもランボルギーニを手に入れたいだろうか？」とわざとまったく別の疑問を持ち出して、傷ついた気持ちを吹き飛ばすのだ。

3　小言はどうでもいい返事で受け流す。

　みんな本当に飽きもせず小言を言う。私が生きている間に聞いた小言をつなげたら地球3周どころか新たな地球をもう1個作り出せるだろう。それにしても口げんかというのは、つかみ合いのけんかよりもエネルギーをたくさん使うように思う。説教をする人たちの第一の目的は、私を咎めることであって、私を実際に更生させることではないから「私ったらまたやっちゃった？」「ごめん」「あなたの言うとおりだわ。もっと気をつけるね」などと言って聞き流すほうがいい。けれど決して気分を害したような視線を送ってはいけない。きちんと武器を収めて本心を装う努力が必要だ。

4　悪態をつきたいときは、一度書き出してみてから言う。

　私は言うことが辛辣で、口も悪いほうだ。傷つけられることも多いけれど、結局は傷つけられた以上にやり返す。でもそれだと怒りが治まったあとに後悔する。だから悪態をつきたいときは、スマホのメモ帳にまず書き殴る。とりあえずは悪態をつきたいだけで、当事者にぶちまけたいわけではないから、これだけでもある程度は気分がすっきりする。すると「ちょっと、XX、そんなXXみたいなことするXXXXがどこにいんのよ？」と言うところも「たしかにちょっと怒ってはいるけど、次は気をつけよう」くらいで済ますことができる。

5　重要なアラームは何度も鳴るように設定しておく。

　正直ADHDだと、アラームが鳴らなかったり、間違って鳴ってしまったり、音が小さすぎたりして困ったことがあるだろう。歩かないと止められないように設定しておくのがいいけれど、それがうまくいかなければ、スマホに二つ以上のアラームアプリを入れて使うことをおすすめす

る。スマートウォッチを使いスマホのアラームが手首で鳴るように設定してもいい。私もスマホやAIスピーカー、スマートウォッチを駆使しながら生きている。

6 他人よりも自分との対話をもっと大切にする。

　私はとてもおしゃべりで、ときに突拍子もないおしゃべりで知り合いを困らせてしまう。悩み事や文句が多いせいもあるかもしれない。でも今は、他人よりも自分自身と対話するほうがずっと楽しい。私の場合は、書くことでそれを行う。そうやって、自分が何を感じているのか、何を隠しているのか、もしくは何をさらけ出したいのかを知っていく。外側からどんどん内に入り込んで、自分の内面を理解していくことはとても面白いと思う。他人行儀に同居していた外向きの私と内向きの私が一つのチームとして協力している感じがする。奥深くまで入り込むほど自分の新たな姿を見られる。すでにみすぼらしくて退屈な日常に一番大きな変化を与えてくれるのは、結局のところ自分だ。私は思ったよりも器が小さくて大したことないうえに臆病だ。でも素敵で暢気なだけじゃなく面白いところもある。こうした自分を毎日観察しようという意志が重要だ。

7 私は私自身の弁護士であると心得る。

　素直に自分の過ちを認めたときでもあまりひどい罰を与えてはいけない。自分自身までもが自分の味方でなくなると、100人の他人に無視されるよりも孤独になる。その感覚は言葉では説明できないほど悲しくてつらい。自分が間違っていたかもしれない。でも世界から完全に見放されなくてはならないわけではない。だから、少しだけ叱ったら、あとはそっと自分の味方になってあげよう。

私はよくこう考える。

「私も私だけど、あいつのほうがよっぽど迷惑だ」

「私が間違えたことを世界に秘密にしておいてあげよう」

「私があいつの上司に向かって死んでしまえと考えたのは間違っていたけど、取り返しのつかない大きな過ちというほどではない」

8 3、4回考えても理解できないことは諦める。

私の欠点の一つは、食いついて離さないことなのだけれど、食いつくよりも離さないほうが問題だった。際限なく食い下がると、最初の覇気や論理は失われ、飛躍だけが残る。そうなると悲しくなるため、一生懸命考えても結論の出ない問題は捨てよう。もともとは私の問題ではないのだから、私が解く必要もない。きっと私の知らないどこかで他の人が答えに出会っている。

9 恥ずかしいときは恥ずかしさに素直になるほうがいい。

私は羞恥にとても敏感だ。だから恥ずかしい思いをするたびに大丈夫なフリをした。恥ずかしいのに恥ずかしくないフリをして、大事(おおごと)なのに些細なフリをすればクールな人間になれると思った。でも顔色や空咳、些細な表情や悪あがきから、私の羞恥心は周りにバレていた。完璧でない演技(フリ)は、心苦しくなったり憎たらしくなったりして、よくなかった。素直に認めてさらりと流してしまえば、みんなもその瞬間のことなんて忘れてくれる。でも「そうでないフリ」という爪痕を残せば、誰かがその瞬間を何度も蒸し返すことになる。本人のいないところでは余計に。

10 理由もなく私を嫌う人は、実は私をうらやんでいるのかもしれない。

　私は ADHD が本当に嫌なのだが、ときにこの症状をうらやむ人もいる。心根の優しい人は「クリエイティブなところがうらやましい」と気軽に話すけれど、悪いやつは、妬んで死ぬほど意地悪をしてくる。私もまた、誰かとトラブルになったときに自分にまったく非がないなんてありえないと思っていて、ずるずると被害者になっていたことがよくある。もし劣等感でガチガチに縛られて自尊心までなくしているくせに、うっとうしくも目立ちたがりの気質がある人たちが ADHD を嫌っているとしたら、それはそいつらが私たちをうらやんでいるという意味だ。そんなやつらとは付き合わないで距離を置こう。

11 飽きたからといってすぐに捨てられたりはしない。

　人も物も同じ。様子を見る時間は必ず必要だ。判断力というのは「どれだけ様子を見るか」を決める能力であり、捨てるかどうかをすぐに決断する能力ではない。私が愚かな別れを経験して新しい彼氏を探すのも、昨日捨てた上質な家具を定価で、しかも配送料を上乗せして買い直すのも、捨てるという判断が早すぎたせいだ。

12 運命論者になる。

　運命という言葉はとてもロマンチックで些細なミスや間違った判断をすべてなかったことにしてしまう。運命という言葉のあとには、あーだこーだと釈明したり証明したりする必要がない。だから私に起きたことが運命だと思ったとたん、情緒が落ち着く。今日、出勤したときにエレベーターに挟まれて恥をかいたこと？　運命だ。そうなると約束されていたのだから私に防げる手立てはなかった。スーパーへ行ったら定休日

なのも、スーパーと私の運命で、私が今こうして生きているのもすべて運命だと思えば、問いただす気持ちも対象もなくなる。無責任に見えようとも、ときどき運命論者になることは現実に役立つ。

13 悩んでいる間にいっそのことやってしまう。

これは実はとても難しいのだけれど、要は次のようなことだ。

どうしてトイレ掃除をしなければならないのか？　トイレが汚いからだ。数日前からタイルの隙間の水垢と絡まった髪の毛を目にしながらも、見ぬフリをしていた。どうせ一人で暮らす家なのだから二日ほど掃除を先延ばしにしたところで困りはしない。だいたい人間のトイレはどうして掃除が必要なのか。自動走行の自動車まで開発されているのに自動のトイレ掃除システムがないのは現代科学の盲点だ。私が今からトイレ掃除をするとしたら何分かかるだろうか？　あと30分もしたら出かけなければいけないのだけど……。

ベッドに横たわりながらこんなことを考えている暇があるならブラシを手にしよう。

14 年長者には礼儀正しく謙遜した態度で振る舞えば、大きな問題も普通の問題になる。

私は小さい頃からかなり多くの大人たちに態度を指摘されてきた。理由は二つ。一つは私が当然のルールを理解できずバカみたいに振る舞うのが、大人たちをからかっているように見えたから。これは悔しい。もう一つは大して悔しくはないのだけど、私は実際に大人をからかうことが多かった。そんなことをすれば、些細なこともすぐに大事になって大変になる。経験的にも正しいことを生意気な態度で言うよりは間違ったことを恭しく言うほうが、怒られない確率が高かった。「嫌です」は問題

になるけれど「ご忠告ありがとうございます。ご指摘いただいたことを真摯に受け止め、よく考えてみます」はいつも大丈夫だった。

15 選択を迷ったときは「元の状態に戻すコスト」を考えてみる。

　私は他の人より慎重さの量と深さが足りず、要らない苦労をしてしまう。要りもしない苦労をするなんて、まさにムダの極みである。そんな事態を防ぐには、それを選択したことで得られるメリットより選択をなかったことにしようとしたときのコストを考えるといい。私は結婚をしないと決めたけれど、それは離婚に伴う感情的、物理的コストがあまりに大きいからだ。すごく移り気な私にとって心移りが許されない決定は猛毒と同じだ。それに離婚は結婚を元に戻すことですらないから、さくっと諦め、気分もすっきりしている。

16 他者の状況を把握するときは「私」という主語を除く。

　私がとてもしんどかったことの一つは、自分の意識と自己愛が想像を絶するほど強いということだった。私は自分から離れた物事を認識できない。何かを説明するときも、いつも主観的な表現と感情に偏ってしまう。特に対人関係においてこうしたことが目立つ。別れを私たち二人の別れではなく「私は彼に捨てられた」というふうに受け止めるのである。でもそうなると余計に視野が狭くなり、融通がきかなくなる。

　何か好ましくない状況があったとき、「私の頼んだ資料をくれるのが遅かった人」「私が会議をしようと言ったのに無視した人」と自分を中心に考えるよりは「仕事するとき怠けて不誠実な人」と少し距離を置いて考えられるほうがいい。

　逆の場合も同じだ。「私が転んだとき手を貸してくれる人」「私が財布

を忘れたとき快く食事をおごってくれる人」という見方は、好感という色眼鏡によって真実を隠しやすくする。だから「他人に親切な人」と思えるくらいが適切だろう。

17 潔癖になろうとしすぎない。

ADHDだとわかって、しばらくは感情の潔癖症に悩まされた。自分に何かあって損することまでは平気だった。けれど、その原因に自分の過ちや至らなさが一つでもあるのが嫌だった。「わかっているのに」失敗することが耐えられなかった。でも人間というのは、ADHDでなくたって、どうせ失敗ばかりする生き物だ。誰も完全無欠な人生ではいられない。どんな失敗もしたくないなら、何事も始めなければいい。だけど死ぬときになれば「何もしなかった」ことすら、大きな失敗に感じるのではないだろうか？　洗濯したばかりの白い毛布も顕微鏡で見れば細菌だらけであるように、自分の人格も細かく見すぎると欠点だらけに感じる。だから適切な距離を置き、適度に見えないフリをして生きるのがむしろきれいになる道なのかもしれない。

18 惜しげなく笑顔を振りまく。

これは自分にも他人にも当てはまる。私からすると笑顔というのはビュッフェ形式の料理のようだ。華やかでありながらも、ありふれていて、何気に結構費用がかかる。すべての人のすべての欲求を満たすようでいて、実はそれほど奇跡的でもない。笑顔がなくても生きていけるし、笑顔自体は解決策にはならない。それでも笑顔は磨いておけば見た目にも美しいし、息苦しい人生の風通しをよくしてくれる。ビュッフェ料理を食べて空腹でいるのが難しいように、笑顔でいながらありえないくらいに苦しむのも難しいように思う。

　ビュッフェを堪能し、すでにお腹いっぱいでも「はぁ、余っている料理を持ち帰れたらいいのに」と思ったことはないだろうか？　みんなも、余っている笑顔を分けてくれたらいいのにと思っていることだろう。だから、私たちは笑顔でいるべきなのだ。

エピローグ

なすすべもなく軋(きし)んでいた日々も
すべてダンスだった

　ADHDと診断された直後、私は従順になったように見えた。いい子になろうとした。いっそのこと別人になって、このショックから逃げたかった。でも普段の自分と違って「ごめん」「すまない」「全部わたしのせい」だとのたまって帰ってきた日には、悲しみのあまり嗜虐(しぎゃく)的な気持ちになった。

　当時、自分の裁判官だった私の判決はこうだ。

　私は無価値で無秩序で

　無防備なうえに無計画だ。

　無礼であることを鑑みるに、無知で

　無責任かつ無能だ。

　その他、無分別、無様(ぶざま)、無気力などなど、とりあえず「無」が付けばすべて私の話になった。そして私をこんなふうに壊したのはADHDだった。

私は精神病患者なの？　頭に穴が開いてるの？　それまで
の生きづらさに納得しながらも、信じられなかった。己が
ADHDと内通した裏切り者なのだと思ったら、私の中の裁判
官は私に死刑宣告を下したがった。その衝動がひどくなると
慌てて弁護士役も引き受けなければならなかった。それなの
に、弁護士役の私には言うことがなかった。一生つき合い続
けなければいけないADHDという代物を抱えているせいで、
私は紛れもない罪人になっていた。

　私はキムチ用の白菜よりも大根をたくさん持っていたから
……私の人生は長いこと本質もなく、辛くてしょっぱいだけ
だった。毎日のように涙を流せば、このひどい味が中和され
るだろうかと思って実践してみたけれど、何も変わらなかっ
た。涙も塩分だから、将来は淡泊な人間になろうという想い
はなかなか叶わなかった。

　どうせ泣くならそこから何かしら得たい。でも集中力がな
くて衝動的でいつもぼーっとしているというのは、涙を成長
の糧に変える能力が一切ないということだ。私はいつまでも
ひっそりと、虚しく、得るものもなく悲しまなければならな
かった。

　泣いてみると、悲しみにさえ完全には集中できない自分に
腹が立った。壁に手をついたままふらついてひっくり返って

一回転するとか、相手に「寝るな」と送ったつもりがなぜか「寝る」になっていたとか、いつもそんな感じだった。しびれた脚を伸ばそうとして間違ってテーブルを強く蹴ってしまったため慌てて片づけたら、涙が引っ込んで笑いが出た。いくら一人でも、大爆笑したあとにまた泣くのは気が引けて、しょっちゅう涙が止まった。

　毎日泣いて、笑って、泣き止んで……繰り返しやって来る夜明けは、ある日私に悲しみの特徴を耳打ちしてくれた。深い悲しみはあっても永遠に続く悲しみはない。集中力がかなり不足している私は、必然的に人並みに悲しむことができなかった。悲しいままで生き続けることも、悲しくて死んでしまうこともできなかった。幸か不幸か、結論を下しにくいけれど、そのせいで長い間延命しているのはたしかな気がした。

　しばらくして、結局泣くことにも飽きてしまった。一人で泣くのは、一人で人生を学ぼうという決心の表れかもしれない。けれど私は、あらゆるタイプの学びに無意味な人間だった。私にとって寂しさは退屈さと同じだったし、退屈さはいつだって杜撰さより悪かった。

　涙は、まるで水分を使い果たしたかのように止まった。当時は涙のせいで毎日じめじめしていた顔にカビが生えるかもしれないと思って怖かったけれど、そんな水分もなくなるほ

どすぐに頬は乾燥した。今ではドライアイに悩まされている。ぼんやりした目を輝かせる最低限の水分もない。こんな状態が幸せなのか、幸せを見間違えているのか気になったけれど答えは探さないことにした。

　私は無価値で無秩序ではなく
　無防備なうえに無計画なのだろうか？
　無礼であることを鑑みるに、無知で
　無責任かつ無能なのだろうか？

　何年か経った今、もう一度問うてみても否定する言葉はない。けれど今は、過去の事実を否定するのではなく、異なる見方をすることにした。だから私についての説明をこう直すこともできるだろう。

　私は無限で、ある部分では無実だと。
　無味乾燥な日常は無事であることの証しだと。
　想像力一つで頭の中に無声映画を上映できる人間は多くないと。
　無事にたくさんの日々を過ごし
　それでも無聊を感じたことは一度もなかったと。

無用と舞踊は一音違いだから

　なすすべもなく軋んでいた日々もすべてダンスだったということだ。

推　薦

本書は、将来は人間になりたいと願う、とある人物の話だ。なんて正直でささやかな望みなのか。しかし、この素朴な目標は容易く挫折を経験する。「平凡」とはなんだろうか。本書はADHDを抱える一人の大人の女性の話ではあるけれど、私たち皆の話でもある。「平均」の中に入ろうと死闘を繰り広げた経験は誰にでもあるからだ。この世で一番難しい「平凡」。本を広げたとたん、「平凡」になれなかった著者の話にたちまち引き込まれた。けれど平凡の枠から抜け出たその違いこそが、私たちの心を癒やす、この数多くの話とチョン・ジウムという独特で涙ぐましいキャラクターを生み出したのではないだろうか。私は彼女の言葉を信じる。「不足は、なかなか悪くない仲間だ」という言葉を。

ムン・ボヨン（詩人・作家）

ADHDの重さに窒息することなく一歩進むには、己への「理解」から始まる。「前頭葉の機能の偏り」によりミスを連発したり、注意散漫になったりすることを辛辣に自嘲しながらも、芯を失わず自己点検をしていく様は愉快だ。絶望して落ち込むのではなく、涙を流してもぴたりと泣き止み、涙の塩辛さを利用して白菜でも漬けるかの勢いだ。いくら挫折の花火で熱くなっても、力を失わないウィットや明るさが、弾むような筆致とあいまって読書の醍醐味を味わわせてくれる。ADHDでなくても他人の視線や不和を経験したことのある人ならば、きっとうなずくことだろう。チョン・ジウム作家の言葉のように、気象庁がなんと言おうと、日は昇るのだから。

イ・ジュヒョン
（『ピッピ姉さんは躁うつの砂漠を越えた』（未邦訳）著者）

本書では、ADHD 当事者の著者が自身で感じた苦しみを表現している箇所があります。
自己否定の表現が強いものがありますが、ADHD の方々全体を否定する意図はありません。

［著者紹介］

チョン・ジウム

1992年、韓国・京畿道生まれ。本書が第８回ブランチブック出版プロジェクト（韓国の大手IT企業株式会社カカオのブログサービス、brunch が主催する公募展）で大賞を受賞しデビュー。著書に、エッセイ集『五色燦爛失敗談』、『私たちは誰しもときどき狂うことがある　人間関係、その難しさについて』、小説『アンラッキー・スタートアップ』（いずれも未邦訳）がある。

［訳者紹介］

鈴木　沙織

日英韓翻訳者。青山学院大学文学部英米文学科卒業後、韓国の梨花女子大学通訳翻訳大学院翻訳科修了。訳書に『SIGNAL　10億分の１の自分の才能を見つけ出す方法』、『夢を売る百貨店』（文響社）、『外科医エリーゼ』（KADOKAWA）などがある。

ＡＤＨＤですけど、なにか？

2024 年 6 月 20 日　初版発行

著者	チョン・ジウム
訳者	鈴木沙織
発行者	山下直久
発行	株式会社KADOKAWA
	〒 102-8177　東京都千代田区富士見 2-13-3
	電話 0570-002-301（ナビダイヤル）
印刷・製本	大日本印刷株式会社

本書の無断複製（コピー、スキャン、デジタル化等）並びに
無断複製物の譲渡及び配信は、著作権法上での例外を除き禁じられています。
また、本書を代行業者などの第三者に依頼して複製する行為は、
たとえ個人や家庭内での利用であっても一切認められておりません。

●お問い合わせ
https://www.kadokawa.co.jp/（「お問い合わせ」へお進みください）
※内容によっては、お答えできない場合があります。
※サポートは日本国内のみとさせていただきます。
※ Japanese text only

定価はカバーに表示してあります。

©Saori Suzuki 2024 Printed in Japan
ISBN 978-4-04-114474-9　C0098